crônicas DE UM VIAJANTE

crônicas DE UM VIAJANTE

Antonio Carlos Lopes Petean

KOTTER
EDITORIAL

Coordenador Editorial
Sálvio Nienkötter

Editor Executivo
Claudecir de Oliveira Rocha

Editor Adjunto
Daniel Osiecki
Tiago Goes Cardoso

Capa
Paula Villa Nova

Projeto Gráfico
Andre Luiz C. Mendes

Produção
Cristiane Luiza Nienkötter

Dados Internacionais de Catalogação na Publicação (CIP)
Angélica Ilacqua – CRB-8/7057

Petean, Antonio Carlos Lopes
Crônicas de um viajante / Antonio Carlos Lopes Petean. — Curitiba : Kotter Editorial, 2022.
108p.

ISBN 978-65-5361-057-6

1. Crônicas brasileiras I. Título

22-1280 CDD B869.3

KOTTER EDITORIAL

Kotter Editorial
Rua das Cerejeiras, 194
82700-510 | Curitiba/PR
+55 41 3585-5161 | www.kotter.com.br | contato@kotter.com.br

1ª Edição | 2022

Que a capacidade plástica e artística de cada um se realize mais na paisagem do que, porventura, na contemplação dos indivíduos humanos, deve-se a razões várias. Em primeiro lugar, a paisagem está diante de nós numa distância de objetividade que é favorável ao comportamento artístico, mas que se não alcança de modo fácil e imediato no conspecto dos outros homens. O obstáculo reside aqui nas digressões subjetivas entre a simpatia e a antipatia, nas complicações práticas e, sobretudo, nos pressentimentos ainda mal determinados – que significaria para nós este homem, se ele fosse um fator da nossa vida – sentimentos, sem dúvida, muito obscuros e complexos, mas que me parecem decidir toda a nossa consideração, mesmo do indivíduo mais estranho.

Georg Simmel

SUMÁRIO

crônicas DE UM VIAJANTE

AQUELE VERÃO EM PORTO DE GALINHAS

Mas que calor infernal! Um onze de janeiro tórrido, porto de galinhas ardia, e corpos desimpedidos e bronzeados também ardiam.

Dormi com o condicionador de ar ligado, com duas garrafas de água ao lado da cama, e assim mesmo acordei de madrugada para uma ducha. Depois de uma péssima noite, acordei bem cedo para iniciar meus preparativos para mais uma caminhada, mas antes de iniciar a queima de calorias, me dirigi ao restaurante do hotel para abastecer meu corpo. Nada como um bom café da manhã, com algumas frutas regionais, muito líquido, depois alongamentos, muita disposição para percorrer oito quilômetros e mergulhar nas águas quentes do Pontal de Maracaípe. Entretanto, naquele dia, resolvi mudar o local do meu mergulho matinal e me dirigi para a região conhecida como muro alto, local famoso pelas suas piscinas naturais, com um mar calmo, água transparente, um belo coqueiral, e encontros furtivos. Eu procurava a tranquilidade das piscinas quentes, com cor de esmeralda, formadas pelos arrecifes, e nem imaginava que ali encontraria dois corpos nus, que se deixavam banhar por ondas que chegavam sorrateiramente e lhes proporcionavam um relaxamento que me causou imensa inveja. Lembro que o sol daquela manhã brilhava intensamente, um prateado tão belo e intenso que ofuscava meus olhos, mas que não me impossibilitou de perceber que aqueles corpos estavam desprotegidos, sem vestes, apenas reconfortados em cima de toalhas, onde pequenos grãos de areia brilhavam, e isso quer dizer... que aqueles corpos estavam completamente nus.

Imóveis, embora tenham percebido minha presença, elas não se incomodaram, olharam para mim, sorriram, cochicharam e continuaram confortáveis. Também não me incomodei com aquelas silhuetas molhadas, douradas, que respingavam certa sedução e deitei na areia, bem próximo às piscinas, esperando que lentamente a maré subisse e começasse a me banhar, sem que eu fizesse o mínimo de esforço, afinal já havia completado meu percurso para eliminar os excessos do dia anterior. Deitado, com o sol começando a avançar sobre a praia, senti algo encostar nos meus pés. Levantei o tronco para olhar, e lá estava ela, nua, simples, sorrindo, e com certa malícia, pediu que eu ignorasse seu atrevimento. Logo percebi que ela estava só, que o outro corpo não estava ali. Estávamos sós, apenas com a companhia daquele sol que brilhava e refletia as gotículas de suor que emanavam de nossos corpos, aquecidos pelo sol e pelo desejo. Não me atrevi a perguntar seu nome, nem o que estava fazendo ali, simplesmente a puxei, tentando perceber se haveria recusa ou uma indiscrição proposital. Com seu corpo mais próximo, percebi que ela entrava naquilo que alguns seres chamam de transe para a maturidade. Confesso que odeio esses estigmas, esses arquétipos que procuram nos dizer se é ou não permitido. Lembro dos seus olhos, seus lábios, mas não sei seu nome, nunca mais a vi. E, não sei dizer, se existe um tempo ou não, para se deixar levar pelos desejos, ou censurá-los, pois não sou adepto de cartilhas religiosas, psicanalíticas, ou outro tipo de discurso moralizante. Simplesmente nos entregamos.

E nós, não nos contivemos. Como esperar que um sinal colocasse freio em nossa ânsia de aproveitar o delicioso vazio daquela manhã. A areia, o sol, os pássaros, as ondas, estavam lá, e foram testemunhas da inexistência de nossos pudores. Testemunhas que compõem o cenário que ficou gravado em minhas lembranças daquele encontro, que nunca fora esquecido. Voltei mais algumas vezes para aquela praia, e no decorrer desses anos, percebi que ela estava sendo visitada por engenheiros, arquitetos, construtores, que obviamente estavam armados com seus planos. Nesses anos observei que ancoradouros estavam sendo construídos ao som de pesadas máquinas, que derrubavam a vegetação, preparando o solo para projetos hoteleiros, logo seguidos pelo replantio de uma vegetação estranha, distante daquela que eu conhecera. Percebi, que os resorts endurecidos haviam chegado, acompanhados por corpos estranhos, moldados pelo progresso, pelo capital e pela vaidade.

Insistente, ainda voltei mais uma vez aquele lugar, e ele estava repleto de corpos ao sol, de vendedores e seus gritos comerciais, e as piscinas estavam estranhamente tristes, pois o sol, demorou para aparecer. Talvez, ele estivesse envergonhado de ver tantos corpos parcialmente vestidos se estranhando, competindo e querendo, vaidosamente, ser vistos pelos olhos que nesses dias insistem em continuar censurando e condenando aquilo que vivi intensamente naquelas areias.

Hoje, penso que aqueles que têm histórias, que são eternamente relembradas, possuem certa dose de felicidade. Recordar, numa tarde ensolarada, as paixões nunca correspondidas, as frustrações, os encontros furtivos, as lágrimas transformadas em versos, corpos que gostaria de rever, e as decepções convertidas em novos sonhos, é sinal de um passado pulsante, que deixou suas marcas. Mas a grandeza do vivido contrasta com a perversidade da nostalgia, pois, a memória, ao resgatar ou preservar momentos vividos intensamente, sublimes, desencadeia uma nostalgia um tanto sádica. É por isso que penso na ambiguidade das recordações que não se manifestam em todos, só nos donos das lágrimas, naqueles que as lembranças são feitas de um belo e triste ardor, e um querer mais. Entretanto, aos donos das lágrimas, aconselho a nunca perguntarem: algum dia sentiu saudades de mim? Pois não existem corpos e mãos que se entrelaçem com a mesma intensidade, e com os mesmos sonhos.

ENCOSTADA NA PORTA

Estava muito frio em Ouro Preto naquele inverno de 1990. Creio que foi um dos mais rigorosos que atingiu a velha Vila Rica e desencadeou, em nós, uma imensa vontade de quebrar protocolos. Realmente, aquele foi um inverno intenso, que mais uma vez conduziu todos ao encontro com os mais variados copos e garrafas, que sempre estão dispostos a flertarem com os solitários frequentadores dos bares da Rua Direita. E como ninguém estava disposto a se inibir e sentir frio, corremos em direção aos balcões, nossos velhos conhecidos e confidentes. Os nossos bares preferidos eram os nossos confessionários mundanos, mas um se destacava porque era nele que fazíamos os batizados, nossas confissões, orações e penitências. Esse era o Bar Barroco, ou bar das coxinhas. Uma segunda casa para nós.

A peregrinação alcóolica começou no início da noite. Em disparada, corremos para os bares, fazendo nossa ronda alcoólica. Primeiro o Bar Barroco, depois o Beco de Satã, e por último, corremos para o Bar e Café Ouro Preto. Em cada um, uma dose, vários copos de cerveja e vários flertes. Flertávamos com o esquecimento e com quem despertasse nossa atenção.

Depois de várias doses, o frio logo nos abandonou, então, acomodei-me na soleira do casarão em frente a Pousada Chamego, que fica na Rua Direita. Sentado, fiquei tentando contemplar as estrelas que dialogavam com as espessas brumas, que logo tomaram as ruas da velha Vila Rica, aumentando o cheiro ocre de terra e madeira mofada, que marca a paisagem onírica daquele mundo. Para quem não conhece, digo que a paisagem urbana de Ouro Preto é feita de odores, poesias, garrafas vazias, uma fina névoa, e amores furtivos, que, às vezes, tornam-se deliciosamente incontroláveis. E sentado despretensiosamente, jogando o olhar ao encontro do casario, eu vi um vulto com belos cabelos longos, negros e suaves, cujo brilho me encantou. Percebi que ela também retribuiu o olhar, e seus olhos castanhos abriram uma trilha naquela névoa, que se tornava mais espessa, mas contribuía para certa sedução.

Disfarçadamente, atravessei a rua no mesmo instante em que ela também se precipitou em direção a mim. Paramos no meio da rua, sorrimos, e ela um tanto descontraída, mais do que eu, me perguntou onde poderíamos tomar um vinho. Como eu nunca tinha recebido um convite tão direto, para qualquer bebida, e nem para um mero café, senti minhas pernas tremerem, mas não era apenas o convite que me balançava, era seu jeito decidido, com um atrevimento que me encantou e me seduziu. Não recuei, e mesmo tremendo, sentindo o desejo aflorando, disse a ela que poderíamos comprar uma garrafa, duas taças, e se desejasse, poderíamos nos sentar no chafariz da igreja do Pilar. Meu velho conhecido. E para mim, aquela noite nunca terminou, pois guardo a minha taça, a sua imagem, a lembrança do suor na noite fria, o nosso leve roçar, o bailar de mãos, que avançaram sem receios dentro das roupas, e o gozo ludibriando a noite fria. Mas depois, restou apenas uma mera despedida.

Durante anos em que vivi na velha Vila, passei várias noites por aquele chafariz, às vezes carregando minha taça, esperando a névoa ficar mais intensa, mas em todos aqueles anos, nenhum vulto de cabelos longos e negros, nenhuma taça de vinho incentivando aquelas conhecidas mãos a percorrerem novamente meu corpo. Talvez o que mais tenha me impressionado, foi sua maneira decidida, deliciosamente atrevida e sensual de me interpelar. A primeira lembrança, que tenho dela, é do seu ombro encostado naquela porta e dos seus olhos atravessando a espessa bruma. E quanto a última, não penso, apenas recordo das suas mãos atrevidas, e meu corpo se tornando uma trova herege.

Depois de anos e anos, residindo em outra cidade, sonhando, olhando para a velha taça, que guardo até hoje, resolvi retornar à velha Vila Rica e descer a charmosa Rua Direita. E, assustei-me, pois me deparei com aqueles conhecidos cabelos negros. Era ela. Então, eu me precipitei em sua direção, mas ela se afastou, pegou uma criança nos braços e virou de costas. Percebi que atrás dela havia um homem segurando a mão de uma outra criança. Ele me pareceu um tanto rude, pois falava alto com todos, exigindo que fossem almoçar logo, pois queria assistir um jogo e nem sei dizer qual era. Mas percebi que o futebol era sua paixão, e talvez a única. Lembro-me apenas que ele esbravejava, dizendo, repetidamente, que se não se apressassem não daria tempo de comprar cervejas antes do jogo. Hoje, não tenho mais a velha taça de vinho, nem sonho em retornar à velha Ouro Preto para reencontrá-la na Rua Direita e acariciá-la naquele chafariz, onde nossas mãos não tiveram freios, e avançaram impetuosamente. Agora, sem brumas, ou uma soleira para sentar-me, apenas torço para que a vida passe logo, mas ela não passa, e, também, não transborda como antes. E nessa noite, em casa, pensando naquele chafariz e no que ele presenciou, escrevi esse pequeno poema:

Fechei todas as janelas
Para contemplar em silêncio
Cada sílaba e cada verso não dito
E no escuro da sala
Sonhar com o inatingível
Com os sons do não juízo
E das nossas mãos atrevidas.

NO BAR DO HOTEL

Voltei da praia ao entardecer. Estava muito quente naquele dia, e a cidade de Recife havia se transformado num braseiro, com todos se abanando, buscando se abrigar nas sombras dos coqueiros e nos quiosques das calçadas. Lembro-me que todos estavam tomados por certa indolência gerada pela brisa quente, que atravessava os corpos, amolecendo-os e torrificando tudo. Ao entrar no hotel, senti o contraste e a temperatura mais amena refrescou meu corpo, ou aliviou um pouco, mas alívio mesmo só ocorreria no *Scott bar*, após tomar uma bebida refrescante para repelir a avassaladora onda de calor que dominava meu corpo. Acomodei-me no balcão, porque para mim, é o melhor lugar de um bar, onde me sinto mais confortável. Acomodado, escolhi logo o que beberia. Pedi uma dose de rum com bastante hortelã, limão, gelo, e pouco açúcar. Antes do barman pegar o copo e preparar minha bebida, sentou-se ao meu lado uma mulher, que também incomodada com o calor daquele dia, olhou para mim e disse – está muito quente lá fora, e aqui também, portanto só uma bebida para refrescar o corpo, não acha? Depois dessas palavras, ela pediu um café e todos ficaram paralisados, olhando para ela.

O espanto meu, dos outros que estavam no bar, e do barman, foi imediato. Ela não se incomodou com os olhares intrigados, e, ao chegar seu café, sorriu, me ofereceu, e ainda disse sorrindo – só um cafezinho quente para refrescar o corpo nesses dias.

Mas como eu estava na metade da minha bebida, que também não era tão refrescante, pois era um rum com hortelã, agradeci a gentileza, continuei com minha degustação alcóolica, mas espantado com o pedido dela, porque o dia não era para cafezinho quente. "Assustado" com aquele pedido e querendo conversar, perguntei a ela se um cafezinho não aumentaria o calor. Ela disse que estava acostumada, que chás e cafés quentes ajudam no equilíbrio entre o corpo e o clima. Não discordei, afinal não sou perito nas interações entre as diversas partes da anatomia humana e o meio ambiente.

Nossa conversa, naquela tarde, florescera, então, a convidei para beber algo mais forte e falei para que não se importasse com o calor. Ela sorriu, concordou, abandonou o café, e acabou aceitando tomar algo mais apropriado, se é que isso existe dentro daquele caldeirão que é a cidade de Recife em janeiro.

Conversamos muito, brincamos, bebemos, descontraímos, nos tornamos confidentes naquela tarde, e ela revelou que estava em Recife por acaso. Contou-me que ela e o ex-marido combinaram fazer um cruzeiro pela costa, pensando em reconstruir o relacionamento, costurar novamente os velhos sonhos, os sorrisos confidentes, mas que na hora da partida, percebeu a impossibilidade de reaproximação, pois, as velhas neuroses que sempre resultavam em discussões, reapareceram e se intensificaram. Disse, que as lembranças das velhas brigas foram reativadas na sua mente, que isso lhe causou insegurança, sentiu que os sucessivos confrontos não eram tão velhos e eles se repetiriam durante todo o cruzeiro, e foi por isso que resolvera viajar sozinha e chegou ao Recife, e ao hotel. Depois de ouvi-la, pensei se a sua História não seria uma crônica universal que assola todos os separados. Talvez essa seja a sina de todos que tentam a reconciliação, ou insistem em reencontrar a felicidade que partiu.

A noite, eu e ela, resolvemos caminhar pela praia, andar sem preocupações. Permitimos que a areia fosse a única a sentir a quebra do silêncio e registrar as marcas que nossos corpos imprimiam ao rolarem próximos as ondas que se desmanchavam suavemente. Concedemos à areia e às ondas, o status de serem as únicas testemunhas a ouvirem nossos gemidos, a festa de nossos corpos, nossas confidências e a ofegante respiração que emanava de nossos corpos, revelando uma rara sincronia. Inesquecível.

Voltamos tarde para o hotel, sorrindo, brincando e retirando os grãos de areia que estavam grudados em nossos corpos. Nos despedimos e fomos cada um para o próprio quarto. Acordei cedo, me dirigi ao restaurante para o café da manhã, mas com uma estranha sensação. Minha intuição dizia que ela não estava mais no hotel. E, logo a sensação se confirmou. Então voltei para o quarto, sem o número do seu telefone, sem um mero bilhete de despedida e sem o seu endereço. Bem... calado, pensativo, peguei o interfone, pedi uma dose de rum, e lembro-me de ter acordado as quatro da tarde, com dor de cabeça, acompanhado por uma garrafa vazia, feliz, bastante suado, e sonhando com um outro encontro no *Scott bar* do hotel, ou na piscina, ou na praia, não importava o lugar. Apenas desejava deixar novas marcas nas areias de Recife. Mas sabendo que outra sincronia seria impossível, pois é raro dois corpos beijarem-se ao mesmo tempo. Hoje, penso que entre o nascer e o morrer, há um pequeno intervalo. Não falo do nascer e do morrer biológico, mas de um nascer para a vida, um despertar. Quanto ao morrer, refiro-me a perda de energias quando envelhecemos. É entre esses dois instantes, entre o nascimento e a morte, nesse intervalo, que a alegria e o sofrimento se alternam. Se nesse breve momento prevalecer a alegria, saiba que não passa de uma ilusão, um recurso que usamos por não suportarmos essa alternância. Não suportamos esse vai e vem da alegria e do sofrimento, que só termina com a chegada da velhice, onde prevalece a memória, o saudosismo e a percepção do nunca mais.

O ROMANTISMO NO EXÍLIO

Foi no último dia em Buenos Aires, no dia 22 de fevereiro...

Naquela noite saímos para jantar. Eu e elas, éramos um trio sem rumo, sem um lugar certo, percorrendo as ruas do velho bairro de San Telmo, procurando um restaurante, um pub, um lugar aconchegante, que pudéssemos jantar e degustar uma bebida. Depois de andarmos algumas ruas, observando velhos casarões, admirando aquela arquitetura rica, tentando imaginar o cotidiano de uma outra era, nos deparamos com uma rua repleta de restaurantes, e todos com certo bom gosto, daqueles que nos permitem apreciar a decoração, a música e a diversidade culinária. Nos deparamos com restaurantes de parrilla, um mexicano, uma cantina italiana, um espanhol e até um restaurante oriental.

Elas escolheram aquele que melhor lhes agradara, então entramos e ficamos admirados com a delicada simplicidade da decoração. Sobre definir aquele lugar, diria que era um restaurante mexicano-portenho, decorado com murais que lembravam Diego Rivera, com belos lustres, mesas rústicas, um balcão de madeira decorado com ramos de pimentas e uma bela seleção musical. Era um restaurante simples, realmente aconchegante, e bem sedutor. A palavra sedutor é a mais apropriada para definir aquele lugar. Aquela noite possuía uma combinação perfeita, pois uniu um lugar inspirador, uma bela noite, intrigantes casarões e companhias sedutoras.

Não estávamos sós naquele restaurante. Havia um grupo em outra mesa, um casal próximo a nós, um homem no balcão, e músicos, bons e alegres. Logo percebemos que havíamos acertado, pois o lugar escolhido era inspirador, e acolhedor. O garçom, com cara tristonha, mas falante, trouxe o cardápio, então escolhemos um prato repleto de carnes desfiadas, com pequenas broas de milho, legumes e feijões. Um típico prato mexicano, mas com um toque portenho. Para completar e comemorar nosso último dia em Buenos Aires, pedimos três coquetéis preparados com pisco, frutas e gengibre, que achamos deliciosos, ao ponto de repetirmos, inúmeras vezes. A música, os coquetéis e o ambiente favoreceram nossa descontração, complementada com a chegada do vendedor de flores, que veio em nossa direção, olhou para mim e perguntou se eu desejava comprar flores. Eu disse que sim, e sem medo, comprei duas rosas, ofertei a elas, que, sorridentes, agradeceram. A mais jovem, que guardo na memória nossas andanças por Buenos Aires, disse que nunca havia recebido flores.

Suas palavras não me saíram da cabeça, elas ressoam dentro de mim, me perturbam até hoje. Naquela noite, depois de suas palavras, fiquei pensando se as flores estão em falta no mercado nacional, ou se algo mais tornou-se obsoleto. Até hoje não cheguei a uma conclusão, e depois daquelas palavras e observar a alegria delas ao receberem uma flor, penso que a grande preocupação de sociólogos e politicólogos deveria ser com o distanciamento. Digo isso, porque, para mim, o exílio é a marca do nosso tempo.

Talvez, o medo de ser ironizado leve muitos jovens a não presentearem com flores. Não sei se estou certo em dizer que, cada vez mais, estamos nos exilando voluntariamente, construindo guetos e trincheiras que resultam em exílios sociais, de gênero, e territorial. Por isso me pergunto se nossos medos são resultado de nossos exílios emocionais? É como se a vida estivesse marchando para matar a espontaneidade, a alegria do presentear e o romantismo. Mas esse não morre, continua resistindo, e, também, não está presente em todos, somente naqueles com certa sensibilidade além das normas matemáticas. Ele não morre, se esconde apenas. Creio, que ele fique lá, acanhado, às vezes envergonhado, quieto, com receio de aparecer e ser apedrejado, até que alguém o favoreça, e aí, ele fica atrevido, às vezes cego, impaciente. Então, deixamos a condição de estrangeiros na presença de outros estrangeiros, ou exilados. Gostaria de ter dito tudo isso a elas, mas eu era e continuo sendo um exilado, que sofre com as seduções e tentações cotidianas.

Assim como gostaria de dizer que o perigo, o que amedronta, é tudo ser considerado de forma dúbia, e até um dizer – "tenho saudades de você" – pode se voltar contra você. Por isso é bem provável que tudo isso contribua, cada vez mais, para o nosso exílio. Mas nunca deixarei de dizer – "estou com saudades de você", por mais estranho que isso possa parecer nesses dias em que todos, rapidamente, se armam de conceitos que favorecem completos julgamentos morais. Afinal, há mais juízes que réus.

Hoje eu sei o porquê de ter ficado feliz naquela noite, pois, por um momento eu havia abandonado a condição de exilado, ofertei flores, recebi sorrisos e presenciei a alegria. Elas sorriram, agradeceram as flores recebidas, e voltando alegres para o hotel, me pediram para tirar fotos. Elas pousaram com suas flores, e de tão linda aquela combinação, não seria exagero eu dizer que elas contribuíram enfeitando aquelas ruas, tornando mais belo aquele cenário e mais interessante minha última noite em Buenos Aires. Hoje, eu agradeço a elas por minha coragem ter reaparecido. Sei que isso, devo a elas e que elas não me levem a mal, e nem a essas palavras, pois penso que nem sempre tudo termina bem, porque todos buscam culpados pelos fins inesperados e ásperos e o culpado sempre será o outro, afinal, ninguém quer compartilhar culpas e fracassos. No fundo, ninguém assumi as próprias escolhas!

POR MINHA CONTA

Madrid, outubro de 2016.

Apesar do vento frio, aqueles meses estavam ensolarados e Madrid fervilhava com os turistas que registravam cada detalhe que o outono oferece aos olhos. Aquele outono estava brilhante, as folhas dos plátanos amareladas e douradas, contrastavam com o céu azul, o que lhes conferia um brilho intenso, tornando as praças extremamente agradáveis e convidativas para um Jerez, acompanhado por tiras do saboroso Pata negra.

Ele chegou em Madrid no primeiro dia do outono europeu. Suas férias coincidiram com a mudança das cores no Hemisfério Norte, o que possibilitou aos seus olhos observarem aquela intensa aquarela, presente nas praças e parques da velha capital espanhola. Já havia estado lá, mas nessa época era a primeira vez, e isso marcaria seus sentidos, pois além das brilhantes folhas das árvores, o centro histórico da cidade, onde ficou hospedado, fervilhava com os eventos culturais, próprios desse período. Foram onze dias apreciando a arte no Museu do Prado, no Reina Sofia, no Palácio Real, e se deixando encantar pelos parques, praças e cafés, repletos de encantadores corpos. E a velha Madrid, como sempre, exalava sedução.

Seus dias na capital da Espanha consistiam em levantar cedo, conferir a bateria da máquina fotográfica, tomar um banho, pegar seu pequeno caderno de anotações, se dirigir à padaria ao lado do *hostel*, e lá, tomar um café da manhã típico, com tortilhas e churros, observando os hábitos dos cidadãos madrilenhos. Ele adora tomar o café da manhã nas padarias por onde viaja, e assim o faz, porque acredita, que são nelas que é possível captar um pouquinho do espírito das cidades. Isso é quase uma rotina em suas viagens e, na encantadora Madrid, não foi diferente. Esse hábito lhe proporciona ouvir as leituras, as observações e os sentimentos dos autóctones e tudo aquilo que compõe o *ethos* de um povo. E no caso da Espanha, as opiniões são quase sempre críticas, apaixonadas, politicamente estruturadas e ideologicamente divididas. O bairrismo também é forte.

Se este era seu hábito todas as manhãs, nas tardes, adquiriu outro, pois, depois de percorrer ruas, galerias, museus e esquinas mouriscas, ele parava no mesmo bar, no centro histórico, pedia um vinho, ou um Jerez, mas não ficava na primeira taça, pois a moldura proporcionada pelas folhas douradas do outono convidavam-lhe a um sutil embriagar. Sozinho, todas as tardes, ele contemplava aquele cenário, sentia que não era o único a ter esse hábito, afinal, outros vultos também se deliciavam em observar aquelas cores e folhas caindo junto ao casario, anunciando o inverno. Como ele, todos ali também se deliciavam com taças de vinhos, copos de Jerez, azeitonas da Andaluzia e aspargos da Galícia. Era um delicioso e saudável hábito, um prazer estar ali, mesmo só, e isso, não tornou aqueles momentos menos agradáveis.

E foi numa tarde ensolarada, mas fria, com um vento gelado acima do normal se comparado aos outros dias, que ele chegou mais tarde aquele bar, que estava um pouco vazio. Como de costume, se sentou, pediu uma taça de vinho, que viera acompanhado com uma pequena porção de azeitonas, com algumas torradas, um azeite maravilhoso, e tudo servido por belas mãos. Naquela tarde, ele estava exausto, pois havia percorrido o Palácio Real, o Prado, o Reina Sofia, e queria apenas amolecer as pernas, degustando um vinho tinto e seco, ou quem sabe um Jerez branco, mas igualmente seco. Não ficou apenas na primeira taça, nem na segunda, deve ter tomado umas três, quatro, ou cinco. As garçonetes, que atendiam as mesas, eram muito agradáveis, sempre cordiais e sorridentes, o que para muitos turistas pode parecer estranho. Ele observou que aqueles sorrisos, não eram forçados, e desde o primeiro dia reparara que sempre fora bem recebido, e por isso todas as tardes para lá se dirigia, bebia algumas taças até a noite começar a despontar, as estrelas aparecerem, e a brisa fria dizer-lhe que era hora de se recolher, e sonhar.

Ele havia se tornado familiar, porque as porções de azeitonas e torradas que acompanhavam as taças de vinho tornaram-se mais fartas na sequência dos dias, conforme comparecia fielmente naquelas tardes ensolaradas e frias. E foi numa das mais belas tardes, depois de alguns dias sacrílegos, de comparecimento fiel naquele bar, que ele notara os olhos negros da garçonete que lhe atendera todos os dias. Já notara as mãos. E se culpou por não ter notado aqueles belos olhos. Então, a partir desse dia, além de admirar as folhas, o céu azul e o casario, ele prometeu que admiraria aqueles olhos flamencos. Mas estava ficando tarde, o *hostel* era longe, ele estava muito cansado, então resolveu partir antes da chegada das estrelas. Pediu a conta, acertou, e ao se levantar, a jovem garçonete, dos belos olhos negros, lhe serviu outra taça de vinho. Descontraído, ele disse – já paguei, estou saindo, indo embora. Ela olhou para ele, sorriu, e disse – está taça é por minha conta, não se incomode, é minha gentileza para o senhor. E aquelas palavras ressoaram dentro do seu corpo, e sua imaginação flertou com a heresia.

Depois dessa última taça de vinho, ainda admirando aqueles olhos parecidos com pérolas negras, ele não havia percebido que o destino estava lhe sorrindo. Ele só percebeu as sedutoras artimanhas da vida quando aqueles olhos, no meio da noite, iluminaram seu quarto, e ela, nua, mergulhando os seios numa taça de vinho, e permitindo que algumas gotas escorrerem entre suas pernas, perguntou – você gosta de vinho?

Em nossas conversas ele sempre se lembra dessa última taça de vinho, daquele outono, da Madrid ensolarada, daqueles olhos, depois ele reabre seu álbum de fotografias e sorri, sabendo que estes insólitos e passageiros momentos compõem o mosaico da vida, que poucos usufruem. Além do álbum, ele sempre abre a caixa onde as cartas enviadas por ela estão carinhosamente guardadas, lhe dizendo para retornar aquela cidade, no próximo outono. Sei que ele pensa em retornar, mesmo sabendo que uma nova guerra civil devasta Madrid e que aqueles belos olhos, agora, estão com armas nas mãos e máscara na face, engajada numa luta pela liberdade, como outras tantas mulheres espanholas, que lutam nas trincheiras para afastar o horror que ameaça as futuras gerações.

NO MANGUE

Aconteceu em Pernambuco, no Pontal de Maracaípe, num janeiro muito quente.

Ele acordou cedo naquele dia, tomou o café da manhã no hotel, e se dirigiu para um dos mais belos cantos do litoral pernambucano, o Pontal de Maracaípe. Uma região de mangue, onde a água do mar e a água doce se encontram, tornando o lugar uma verdadeira folia para os olhos, pois as águas do pontal mudam de cor constantemente, e, naquela época, poucos eram os que se aventuravam para conhecer aquela região, que ainda estava fora dos roteiros turísticos. E, estar longe dos catálogos turísticos, garantia certa privacidade as pessoas e contribuía para conservar o charme e a rusticidade elegante do lugar. No Pontal, havia um único quiosque, fincado em plena areia, que nada mais era do que uma casinha feita de barro e sapé, com seu charmoso fogão a lenha, um suave cheiro de caju, e ao redor dele, havia alguns coqueiros que serviam de suporte para as reconfortantes redes. Na lateral daquela casa, havia um varal, com cajus secando ao sol, que seriam vendidos nos mercados e feiras da cidade de

Recife, e em praias badaladas, onde, até hoje, os turistas do sul, repletos de soberba, ficam ao sol reclamando da demora, pois carregam o tempo, a irritação e a pressa na bagagem.

Sua rotina, naquela terra, começava bem cedo. Todas as manhãs, ele caminhava até o Pontal, procurando esquecer as histórias que havia deixado em São Paulo, mas sempre alimentando a esperança de encontrar outras ou ser o protagonista de uma. Ele ansiava por viver uma história que o fizesse invadir o mangue, se refrescar naquelas águas e se entregar a um delicioso jogo de sedução e volúpia.

E, fora numa manhã muito quente que ele chegara cedo ao pontal. Como de costume, ele foi ao quiosque, onde secavam robustos cajus, com a intensão de pegar uma rede, e quem sabe dormir mais um pouco, na companhia do sol que despontava no horizonte, se fundindo com o azul do mar. Ele, olhando para as ondas, aproveitando o frescor da brisa, sentindo o cheiro dos cajus e a leve fumaça dos peixes assando no fogão a lenha, esticou a rede entre dois coqueiros e acomodou-se nela. Mas, antes que o sono desse as caras, ele desviou seu olhar na direção dos recifes e viu um corpo estendido, espreguiçando silenciosamente, que deveria estar esperando o sol e não se importando com o tempo. Aquele corpo, com os olhos fechados, na certa estava em completo esquecimento, assim ele imaginava. Reparou que aquela silhueta feminina estava em estado letárgico, não se importava de ser olhada e que talvez desejasse parar o tempo, algo que ele também desejou, para poder continuar contemplando-a, e, assim, guardar aquela bela imagem para si, enterrando-a na areia, num local escondido, para que ninguém descobrisse. A manhã era quente, porém agradável, excelente para entregar-se a preguiça antes que o sono fizesse morada. Mas naquela manhã, o sono não invadiria seu corpo.

Antes que adormecesse, que seus olhos dissessem adeus, ele foi interrompido por ela, que o chamou para dividir aquele pequeno pedaço de recife, antes que a maré subisse. Mas no pontal, a maré sobe rapidamente, e logo tiveram que mudar de lugar. E foi isso o que aconteceu, antes da maré subir, eles abandonaram a calma dos recifes e se mudaram para próximo ao mangue, onde as águas se encontram, o vento não paralisa o olhar, as aguas são calmas e os corpos se deixam levar pelos desejos, sem arrependimentos, remorsos, ou moralismos sacros. Lá, deitados na areia, admirando os pequenos caranguejos azuis que corriam e se escondiam em suas pequenas tocas, resolveram se entregar ao esquecimento. Quando se deram conta de onde estavam, resolveram saborear tudo que o pontal poderia lhes proporcionar e, nus, ficaram embriagados em suas secreções até o entardecer, sem se preocupar com a maré, com a noite que logo cairia, ou com os peixes invejando aquela cena, e aquela deliciosa entrega.

Então, a noite chegara, e com ela, a hora de voltar para o hotel. Mas ele estava certo de que na manhã seguinte, estariam de volta, e assim se deixaram contagiar por uma semana, sempre pelas manhãs, até que chegou o dia da partida definitiva.

No último dia, não foram para o mangue, apenas se abraçaram, se beijaram, trocaram carícias íntimas, e depois de gozarem ali mesmo, ficaram sorrindo parados na porta do hotel. Ao retornar, ele disse para seus amigos do escritório, sem detalhar, que vivera momentos ímpares, que se enraizaram na sua memória, apontando para uma liberdade que poucos têm a coragem de perseguir. Liberdade que só se manifesta nos momentos de férias do corpo, quando longe das obrigações sociais, puritanas, e dos relógios, nos tornamos descompromissados com o tempo e com as exigências morais cotidianas.

Seus amigos deram risadas, e um deles disse – meu caro, a liberdade que você se permite, nesses momentos e nesses lugares, só é possível porque você é imaturo, e essa imaturidade é decorrente de não ter se casado. Então, com um leve sorriso, ele não discordou publicamente, mas apenas disse que são as nossas escolhas que nos permitem viver e sentir as brisas batendo no corpo. Ainda avisou a todos no escritório que a próxima viagem seria para os Lençóis Maranhenses, e, disse – Estão todos convidados! Depois terminou o dia sem receber nem um muito obrigado pelo convite, e nem a palavra "Aproveita", ele ouviu. Todos apenas se limitaram a dar risadinhas.

No fim de um expediente, ao sair, um amigo, que compartilha o escritório com ele, o chamou e disse para que não se importasse com as provocações, pois lhe parecia que alguns tinham inveja da sua pequena liberdade. Ele respondeu – eu sei, mas pensava que isso não os incomodava tanto, mas agora eu sei que tudo aquilo que incomoda os outros, nada mais é do que algo belo transformado em inveja, principalmente por parte daqueles que fizeram de suas vidas um martírio, depois que juraram no altar. E se despediu dizendo bem alto – por isso não quero me casar, pois a libertinagem não nos obriga a darmos desculpas, e nem a fazermos promessas, que ninguém cumpre.

crônicas DE UM VIAJANTE

MARIANA, NUMA MADRUGADA

Mariana, num 10 de julho distante.

Lembro-me, que no dia dez de julho, ao anoitecer, fui para a cidade de Mariana, antiga capital das Minas Gerais, para me entregar aos acordes do velho *rock* progressivo. Estava hospedado em Ouro Preto, antiga Vila Rica, com o intuito de saborear seus doces caseiros, os inesquecíveis licores de jabuticaba e laranja, um frango com *ora-pro-nóbis*, e a noite seguir para Mariana onde assistiria um show muito aguardado por mim e por todos os amantes do bom *rock and roll*. O dia estava frio, mas a noite, ao dar seus primeiros passos se despedindo do sol, demonstrava que a temperatura cairia muito. Me fartei de licores e doces nesse dia. Anoitecendo, com o frio chegando sorrateiramente, o corpo pedia mais doces e licores. E, como eu não queria perder o show, me apressei. Larguei alguns quitutes e meia garrafa de licor para a volta.

Ser fiel ao ritmo é uma heresia para muitos, mas "o protagonista" somos nós, e por isso não me atrasei, e cheguei no início da apresentação da banda. Uma banda que figura no rol das minhas preferidas. Chegando em Mariana, encontrei algumas amigas, e como sempre, eufóricas, elas chamaram-me para perto delas. Aquele chamado não foi aleatório, pois partilhamos duas garrafas de um belo vinho, meia garrafa de um ótimo rum cubano, e outras coisinhas mais, enquanto a banda não iniciava sua apresentação. A noite apenas engatinhava, acompanhada pelos acordes de guitarras, que embalavam nossas mentes e tudo isso acompanhado pelos doces, ou docinhos de todos os tipos, responsáveis por ampliarem nossas mentes, e libertarem nossos corpos das amarras que nos acompanham.

O local onde ocorrera o show era um terreno imenso e fora preparado exclusivamente para receber o palco e o público, composto por um visual eclético, vibrante, e, até certo ponto, formado por mães e filhos, algumas avós e netos, mas todos roqueiros. Gerações unidas, ouvindo aquele som mágico numa noite de muitos doces, taças de vinho, e olhares. Olhares que iam e voltavam, como vagalumes nas noites quentes aguardando o acasalamento. Claro, que naquele embalo, eu ficaria sem companhia, pois elas logo arrumaram com quem trocar figurinhas, mas, sensíveis a minha solidão, deixaram para mim uma outra garrafa de vinho. E, isso quer dizer: "me deixaram muito bem acompanhado". Afinal, eu era querido por elas.

O show transcorreu sem grandes surpresas ou confusões, também não percebi o tempo que transcorrera sem pressa, e, quando um instante de lucidez me atingiu, senti que minhas amigas haviam se perdido na noite, acompanhadas ou não, não sei dizer, e, também nunca perguntei, pois temos um tratado, e ele se pauta pela discrição de nossos prazeres e satisfações corporais. Eu acabei ficando só e sem nenhuma centelha de vontade de retornar para Ouro Preto após o show. Por isso, após o término daquela bela e empolgante apresentação, fui para o centro da cidade, em completo desamparo, agarrado a minha garrafa de vinho e um pequeno cigarro de marijuana. Depois de tudo o que consumi, resolvi sentir a cidade, perceber aqueles casarões em silêncio, **os calçadões**, os sinos ecoando na noite, a brisa, e perceber a lua enamorada pelo chafariz. Sentei-me na praça, ao lado da igreja matriz, tomei o vinho, mas queria beber mais.

Reparei que só havia um bar aberto, e, com imensa vontade de terminar a noite abraçado a uma dose, resolvi beber ali mesmo, naquele filho único da noite marianense. Aquele bar de portas entreabertas, que cheirava a álcool, carne de porco frita, urina e desinfetante transformou-se no berço dos boêmios naquela noite. Acabei entrando nele, pois era o que me restava. Lembro-me de ter entrado meio cambaleando, ter sentado no balcão, ter pedido um copo, olhado ao redor. Isso, se me lembro bem e se não estou esquecendo de nada. Mas, hoje eu recordei e lembrei que ela estava lá, do outro lado daquele velho e surrado balcão. Olhei em sua direção, ela retribuiu o olhar e logo convidou-me para me sentar ao seu lado. Lembro-me que ela me ofereceu uma bebida, a mesma que ela estava tomando, mas que eu não saberia dizer o que era. Nós éramos jovens, ousados, soltos na noite depois de um show, e com imensa vontade de nos conhecermos. Nos conhecemos atrás da igreja matriz, sem olhares, sem pudores, com a ótima companhia do álcool e dialogando com o último cigarro composto de seda, cannabis, e uma cobrinha de haxixe.

Lembro de ter retornado para Ouro Preto muito embriagado, mas recordo que ela se despediu de mim com um belo sorriso que ficou marcado. Embora eu não saiba onde ela reside, pois nunca mais a vi, não esqueci o seu cheiro, o gosto dos seus lábios, seus belos seios, e aquele frenético enlaçar de nossos corpos. Nós não trocamos telefones, bilhetes, não sei seu nome, mas lembro-me dos seus olhos, do que aquele vestido escondia, e, eis aí o motivo de eu retornar outras vezes à Mariana, passando pelo mesmo bar, pela mesma praça, fitando a igreja matriz. E hoje, novamente nessa praça, pergunto a essa velha igreja, que nos observou naquela noite, se sentiu inveja do que viu? Penso que se ela assim o fez, se ela nos espionou, como faz o clero com seu rebanho, creio, que deva ter ficado com muita inveja, mas muita mesmo, pois, o sagrado sempre fica invejoso dos casais ousados e felizes que exalam prazer atrás das inúmeras igrejas e sacristias dessa barroca gerais.

ONTEM, E AGORA O VAZIO

M*ontevideo, 5 de fevereiro, depois, Ribeirão Preto, 21 de fevereiro*

Hoje, nesse quarto escuro, na companhia das minhas memórias, penso naqueles alegres dias que passei ao lado dela, sem ao menos tocá-la. No silêncio desse quarto, ouvindo os carros que passam estridentes, as gotas de chuva chocando-se contra a janela, olhando para o espelho, confirmo que eu fora tocado por sua deliciosa espontaneidade, sua tímida faceirice, e sua alegria um tanto matuta, e maliciosa. Ela demonstrava uma imensa vontade de conhecer o mundo, de saborear seus segredos e se entregar. É assim que a guardo na memória, na memória que se esconde no peito, que às vezes transborda, e me faz imaginar carícias que nunca serão possíveis. Mas, a lembrança daqueles dias possui certa sincronia com meus olhos embaçados pela saudade.

No primeiro dia, quando nos conhecemos naquele taxi, ela tímida, encolhida, demonstrava certo receio de estabelecer um diálogo comigo. Eu também não estava muito à vontade. Mas, logo quebramos o distanciamento, que nem saberia dizer se foi real. As horas que ficamos naquela imensa fila para assistirmos uma palestra nos permitiu certa aproximação. Horas e horas numa imensa fila para não terminarmos com o programado, pois, o discurso que ouvíamos não estava nos envolvendo ou, nossa atenção, talvez, estivesse dispersa. Mas quanto a minha, eu sei onde ela estava e o que repassava para o resto de meu corpo. Como estava enfadonho aquele discurso, por sugestão dela, saímos para tomar um café e, depois, fomos percorrer a bela Montevideo. Não foi difícil me encantar, não foi difícil tomar um café na sua companhia, ouvir suas reflexões, observar seus detalhes aflorando, e depois pegar um taxi, que nos levou ao museu de arte moderna, bem no seio da cidade *vieja*, que nascera olhando para o grandioso rio da prata.

Eu já havia visitado aquele museu, e tantos outros, mas sua companhia era irrecusável, e seu andar, sua pele, seus grandes olhos, seu sorriso, e sua rica simplicidade me transportaram a todos os cantos daquela charmosa cidade. Depois do museu de arte moderna, visitamos galerias de arte, antiquários, cafés, e almoçamos juntos, como se nos conhecêssemos há muito tempo, e o tempo ao seu lado se alargava, e eu desejava cada vez mais que ele ficasse parado, que a noite não chegasse. Mas quando a noite já estava despontando, o sol lentamente desaparecendo e pequenas estrelas começavam a mostrar suas faces, eu a convidei para jantar. Combinamos nos encontrar por volta de vinte horas. Fomos pontuais, e juntos, sem pressa e apenas sorrindo, saímos pela noite, percorrendo a cidade velha.

Caminhando por antigas ruas, entre antigos casarões, conversando, logo senti que ela despertava minhas antigas histórias mal vividas por mim, que acreditei estarem soterradas, escondidas e petrificadas, como seu dono. Ela não despertou apenas minhas histórias, mas meus desejos. Eu a admirava, reparava em cada detalhe dela, e me encantei mais quando ela afirmou que estava feliz por fazer novas amizades, fugir do seu cotidiano, distanciar-se da loucura que o nosso país havia se transformado. Uma loucura coletiva que não se extinguira, e creio que demorara para desaparecer. Então, eu lhe disse o mesmo, pois estar ali era um alívio para mim, que, sem perceber, já embriagado com seu jeito, não sentia o perigo que estava correndo ao seu lado, não sentia o perigo que corria por estar diante daquela impetuosa sensualidade, intocável. Eu estava fugindo de uma loucura, e não percebia que me embriagava com outra.

Iniciamos a noite com uma tortilha, terminamos com um bate papo saudável, prazeroso, e depois de algumas taças, resolvemos nos recolher, mas combinamos que no outro dia, iríamos percorrer os becos e as ruas da antiga zona boêmia que circunda o mercado do porto. Não saberia dizer se os dias foram curtos, ou se ela espontaneamente se alojara na minha mente, com sua delicada harmonia e elegância, ou se minha embriaguez era determinada pelos seus signos, suas formas, e lábios.

No outro dia, saímos, e nossa entrega foi imediata, deliciosa e despretensiosa, e por isso mais tranquila, mas não menos sedenta. Recordo-me que nas areias que abençoam o Rio da Prata, ela abraçou-me, e disse – me bate, me chame de cadela, faça de mim sua escrava sexual, revele suas taras, por favor realize meus fetiches. Não sou econômico, ainda mais quando me pedem de forma tão incisiva.

Creio, que todo retorno afeta o encantamento, ou nos petrifica, ou nos faz voltar com as antigas mesmices. Retornei, parei de sonhar, e permaneço imobilizado, exilado, censurando meus desejos. E aqui, imobilizado pela saudade, sinto que o tempo voa, esmaga sonhos, e se ainda sonho, é com um mero telefonema dela, mas não sei das suas razões, nem o porquê desse estranho distanciamento. Apenas sei do meu vazio, e o que me faz perder a fome. Se o ontem foi delicioso, agora, nem sei onde ela está, não sei dela, ou porque me condena ao ostracismo.

Agora, vivo um sincretismo de lágrimas e memórias, responsáveis pelo meu novo enclausuramento e por me retrair nesse quarto escuro, com os lábios trêmulos, encolhendo-me. Se fosse possível, eu gostaria de lhe dizer que a saudade é um sentimento indecifrável, que não é para todos, nem pertence a todos. Creio que ela não sabe disso, e nunca saberá. Também gostaria de lhe dizer, que a paixão pertence a poucos, que ela é inexplicável, e se revela nas lágrimas transformadas em palavras, que o vento levará. Antes que congelem! Não creio que eu deva me importar com sentimentos e desejos não correspondidos, porque um cético, como eu, nunca se chateia com o término das relações. Os céticos não nutrem expectativas, pois sabem, que elas não passam de ficções da vaidade. Ninguém precisa lhes dizer que tudo sempre passa, afinal eles têm ciência da finitude e que a sina dos desejos mais violentos é serem repreendidos e que o imaginário deve ser eternamente acorrentado, por tribunais de todas as cores.

NUM FIM DE SEMANA

A *o pé da serra, num dia qualquer...*

Aquele rosto diferente, com traços fortes e delicados, sempre despertou a atenção dos homens daquela serra. Em meio a outras faces que também eram delicadas, sinceras, algumas implicantes, outras devotas, aquele rosto se destacava. Ela incendiava olhares de admiração e de inveja por onde passava e, naquela noite, chamou a atenção de todos que estavam naquele bar. Mas, como nunca saia sozinha, estava acompanhada por alguns corpos que ostentavam cabelos compridos até a cintura, e por outros, bem mais novos, com cabelos ainda curtos, que demonstravam estarem deixando os fios crescerem para agradar a um Deus morto, exigente, que, na certa, não era cabelereiro e nem se importava com belos penteados afros ou um corte chanel.

Ele, sentado sozinho naquele bar, se encantou por ela, assim que a viu antes de beber a segunda dose, porém, depois de outras doses, começou a imaginar estar cercado por crentes dentro do bar, porque fez uma leitura apressada dos cabelos e gestos, que possivelmente revelavam as preferências confessionais daquelas cabeças que a acompanhavam. Contudo, entre todos os rostos, foi o dela que despertou a sua atenção, pois ele julgou-a ser diferente.

Aquele rostinho demonstrava ser um tanto meigo, sincero e, ao mesmo tempo, ostentava certa rebeldia. Uma rebeldia que não combinava com as pessoas que estavam com ela, e talvez, por isso, aquela menina demonstrava estar um tanto ansiosa. Aquele rosto belo, rebelde e herege, era sinônimo de uma certa meiguice e de um certo saudável atrevimento. Ele, observador, percebeu que ela adorava as músicas que saiam dos dedos que brincavam com as cordas do violão e que conhecia os mestres Nelson Cavaquinho e Ataulfo Alves, pois cantava intimamente todas as letras que ecoavam dentro daquele bar e abaixo das estrelas que visitavam aquela noite. E, atrevido pela bebida, continuou olhando para ela, disfarçando seu interesse, observando e imaginando sabe-se lá o quê. Sentado na sua mesa, ele a olhava, fingia não reparar, mas não se conteve e lançou um sorriso para ela. Trocaram olhares e a noite se fez diferente. Ele, mais velho, encantado, e ela cantarolando belas letras, movimentando a perna, revelava uma indisfarçável ansiedade. Então, trocaram novos olhares, e para ele foi impossível não se encantar mais e mais.

Como bom observador, ele reparou que seu vestido era florido, seu jeito era matuto, de uma simplicidade sem igual, pois era uma menina sem pinturas, de rosto delicado, que talvez estivesse cansada do seu mundo e aspirava conhecer o que existe além daquelas montanhas. Ela, sem inibições, continuava a cantar só para si e, sem se importar, quase deixava escapar as letras que seus lábios gostariam de expressar além e aquém do corpo. Ele percebeu que ali havia alguém querendo romper as grades que lhe foram impostas. Então, ele também resolveu cantar para si, mas olhando para ela, que retribuiu com ligeiros olhares e sorrisos, deixando a vaidade dele entorpecida e entregue a sonhos paradisíacos. Ele observou que ela sorriu ao receber uma flor de papel, tão delicada como seu rosto. Uma flor branca. Observou que ela olhava para aquela flor como se fosse única, reparou a delicadeza do seu olhar e que não se importava com outros corpos e olhares insatisfeitos e invejosos que a cercavam.

Mas ele, encantado com ela, observando seus gestos e os dos demais naquela mesa, notou que a mulher sentada na frente da sua admirada menina fez uma interpelação, perguntando para aquela jovem se ela gostava das músicas que tocavam no bar. Então, a menina, sem receio de ser julgada, disse que gostava, que adorava aquelas músicas e de todas que revelam a rebeldia do artista. E aquela mulher, de cabelos longos, com aspecto religioso, fizera uma cara de desprezo. A menina não se incomodou e continuou a cantarolar para si. Depois desse pequeno detalhe, ele se encantou ainda mais, mesmo não sabendo quem teria dado a flor para ela que ostentava um rosto ainda mais herege do que ao entrar.

Depois de mais algumas doses, ele foi para a pousada pensando que essas são as pequenas histórias, das pequenas cidades ao pé da serra, com suas grandes, porém, novas mulheres, que, ainda temem revelar seus desejos, suas fantasias. Mulheres que recebem flores, cantam, encantam e agradecem, com sinceros e delicados olhares, aqueles que as admiram. Só sei que ele partiu na manhã seguinte, mas com a certeza de um dia voltar, e, quem sabe, reencontrá-la.

RESPOSTAS PARA PAULA

Buenos Aires, primeiro dia de um fevereiro distante e quente.

Paula e seu velho professor estavam andando pelo velho bairro San Telmo, admirando a arquitetura de outras eras, quando, numa esquina, em frente ao mercado, ela subitamente parou e perguntou: "Professor, como definir uma cantada fácil ou pueril?". Ele, a princípio, achou estranha a pergunta, mas entendeu, porque sempre conversavam sobre assuntos um tanto secretos, embaraçosos e, às vezes, íntimos. Ele não hesitou e disse: "pueril Paula, é sentar numa mesa de bar com três alunas, tomar umas doses, aproveitar-se da admiração delas, de certa embriaguez, e convidá-las para uma noite de sexo; e, isso, Paula, é um tiro que se dá, esperando que algum alvo aceite; e, se não aceitar, outras turmas chegarão, depois outras mesas estarão com novas alunas e novos tiros serão dados". Ele ainda disse: "isso é fácil, minha aluna, assim como é fácil usar de todos os instrumentos teóricos para seduzir, encantar e levar para cama, pois alguém acabará caindo. Sim, isso é sempre fácil para o atirador, que é sempre egocêntrico e se vale do seu lugar na hierarquia. Mas, para as vítimas do tiro, isso não é nada fácil. Afinal, em alguns locais, é fácil ser assediador. Ele não se importa com suas vítimas, não se importa com o outro, ele se importa com o ato de caçar. Assim como... é bem fácil fazer um convite para uma festinha no apartamento. É fácil ser babaca, idiota, e depois contar nos dedos quantas alunas foram seduzidas. Tudo isso, é muito fácil, Paula, e acontece em todos os locais."

E ela ainda lhe perguntou: "e... o que é difícil?".

"O difícil, Paula, é quando as pernas começam a balançar, o pulso começa a acelerar, o coração começa a derreter e as palavras se escondem. É, minha aluna, isso é o avesso do pueril e é bem difícil. É muito difícil quando o coração começa a ditar as regras e você já não se concentra, perde o centro, e acorda na madrugada com o peito apertado. É isso que é difícil. É difícil querer gritar e não poder, é difícil suportar a dor, é difícil a distância, é difícil não ter palavras. É difícil suportar a paixão. É difícil saber quando ela transbordará, quando essa insensata loucura serena, chamada paixão, irá romper nossa indesejada ascese. O que posso lhe dizer, Paula, é que os antigos babilônicos relacionavam os momentos de paixão, estes estados de embriaguez, com as passagens dos cometas, às vezes, a cada mil anos. Mas os cometas como não eram vistos por todos, foram interpretados como mensageiros divinos, ou seres celestiais errantes, pelos quais alguns humanos se apaixonavam e pagavam um preço alto, não muito diferente do que ocorre hoje, comigo.

Mas, Paula, o difícil passa rapidamente, não tem hora para acontecer, nem estação e nem espera retribuição. O difícil é sempre raro e difícil de disfarçar, enquanto o fácil é encontrado em todos os lugares, pois está aí, em qualquer canto, numa mesa de bar, numa sala de aula, e por isso ele é banal, simples e não tem brilho. Por isso, minha aluna, tenho certeza e creio que é muito difícil disfarçar a paixão, pois uma hora ela transbordará. Mas é muito fácil achar tudo fácil. E algumas coisas, para mim, querida Paula, sempre foram difíceis, mas nunca me dei bem com o fácil, e no fundo me alegro por isso. Além disso, quero te dizer, minha aluna, que, para mim, sempre foi difícil encontrar palavras e será difícil o tempo carregar a bela imagem que tenho de você.

Ela não esboçou nem um leve sorriso e disse apenas: "adeus". Esse adeus foi muito difícil para ele, que ficou parado naquela rua pensando numa frase que alguém lhe disse: "As árvores estão secas, então onde pousar versos, se os corações também estão"

UMA TAÇA DE VINHO EM SÃO PAULO

São Paulo, em julho

Naquela tarde, em São Paulo, ele estava sentado numa adega, degustando o seu vinho preferido ou, simplesmente, bebendo; não se importando com o tempo, nem com olhares indiscretos, só mergulhava em seus pensamentos. Olhando aquele líquido vermelho, deixava suas ideias caminharem lentamente. Estava quieto, pensando que aquela garrafa de vinho era sua bela e única companheira ou, talvez, a única que o suportava. Depois de quase uma hora sem que nenhum ruído interferisse em seus pensamentos, um grupo muito ruidoso adentrou o recinto e sentou-se nas mesas à sua frente. Era uma família numerosa, bem grande, e nem um pouco preocupada em manter o silêncio, pois o ambiente rapidamente mudou, com aquelas vozes, risadas e arrastar de cadeiras. E ele, quieto, reflexivo, logo imaginou que aqueles homens, mulheres e crianças que, diante dele, acomodavam-se, deveriam ter antepassados oriundos da velha Itália. Deduzira isso porque conhecia famílias italianas, falantes e alegres, sempre brincalhonas; entretanto, como de costume, também briguentas, demonstrando um rico e polpudo palavreado. Pensativo, ele percebeu que o patriarca e a matriarca daquela família, bem idosos, estavam em cadeiras de rodas. Com seu jeito introspectivo, sem querer amizades ruidosas, observava aquela cena meticulosamente e percebeu que, junto daquela família, havia um rapaz, muito provavelmente o cuidador daqueles idosos. Reparou que era um rapaz musculoso, sério, bondoso e paciente; a família, entretanto, era deveras ruidosa, sem cuidado evidente, pois falavam todos ao mesmo tempo. Então ele imaginou que, para suportar aquele vai e vem de vozes se cruzando, num visível atropelamento verbal, só com muita paciência... Sua imaginação logo se pôs a trabalhar; inferiu, como um psicólogo de botequim, que aquele cuidador deveria ter sido escolhido a dedo pelas duas mulheres, muito provavelmente, filhas ou noras daquele casal que, em suas cadeiras de rodas, ainda curtiam o pouco que lhes restava de suas vidas. Como um arguto analista, ele percebeu também que as duas mulheres portavam alianças e, ao mesmo tempo, imaginou que os dois homens que as acompanhavam possivelmente deveriam ser seus respectivos maridos. Percepção nada difícil, mas ele também reparou nos olhares que se cruzavam; mais uma vez, e dessa vez sem nenhum pudor, pensou que aquele cuidador deveria ter sido escolhido por aquelas gentis mulheres à revelia daqueles que aparentavam ser seus cônjuges presentes, porém distantes, como todos os maridos, sempre falando sobre os seus times de futebol, certamente suas únicas paixões, ou orgasmo mental, depois de anos de casamento. Na sua imaginação, aquela família poderia fornecer um enredo digno de uma tragicomédia, extraída da vida real, ou sabe-se lá o que mais. Pensou que poderia escrever sobre o drama das encenações que muitos casais escolhem fazer, imaginando o dia a dia de todos. Depois de longos anos de matrimônio, os cônjuges representam o bem viver e uma felicidade fictícia para alimentar a esperança de manter a família unida e camuflar a falência do tesão. Imaginou isso e assim o fez, trocando confidências com a sua taça de vinho.

Ele, sozinho com seu vinho, continuou refletindo, tentando imaginar os diversos assuntos que deveriam sair daquelas bocas. Todavia apenas os assuntos possíveis de serem ditos, pois outros, como sempre, continuariam nos subterrâneos, para preservar o que resta da vida a dois. Olhando aqueles corpos, perfeitamente ruidosos, sentados à sua frente, com seus caros segredos, apenas conhecidos e revelados por seus celulares, ele refletia sobre a insistência dos casais com a manutenção das aparências. Mas sua contemplação foi interrompida, pois, quando chegaram os aperitivos naquela mesa, ele reparou que, para o casal de idosos, foram servidos dois caldinhos, talvez de lentilhas ou feijão, muito provavelmente – assim pensou. Obviamente porque aquilo que os dentes não suportam é sempre substituído por caldos, ou por torradinhas, ou chás com manteiga; depois, para finalizar, algum sorvete para facilitar a digestão, devido à ausência de presas afiadas e não de línguas venenosas.

O tempo passando, a adega estava ficando quase lotada e ele impaciente. Na mesa atrás dele, se sentou um casal, idosos também, mas acompanhados de apenas uma criança; provavelmente, deveria ser a netinha querida e, se fosse a única, deveria ser mimada – pensou. Então ele pediu outro vinho e refletiu sobre as relações entre os avós e seus netos. Chegou a uma ácida conclusão, a de que sempre são assim essas relações, cheias de mimos; pois netinhos e avós se complementam, sempre formando a mesma cena idílica, só que, às vezes, uma relação irremediavelmente insuportável. Sozinho, não dando tréguas à imaginação, ele tinha certeza que, em sua vida de lobo solitário, nunca, mas nunca mesmo, faria parte desse tipo de espetáculo, composto por netinhos mimados e famílias numerosas. Então, naquele seu momento de indagações, com seu vinho, viajando nas palavras, nas cenas alheias, o silêncio foi quebrado, porque o idoso, que se sentara atrás dele com sua mulher e a netinha, levantou-se, foi até sua mesa e perguntou por que estava só. Espantado com aquela abordagem, com aquela invasão, ele permaneceu quieto, pensativo, pois estava intrigado com aquela interferência no seu silêncio. Então, educadamente, ele respondeu àquele senhor: "eu estou quieto porque estou pensando numa jovem que conheci há um mês. Aliás, ainda estou com saudades ferrenhas daquela que me proporcionara sorrir e sonhar novamente". Foi nesse instante, ao término de sua fala, no fechar de seu dizer, que aquele senhor disse para não se preocupar, porque sempre um modelo mais novo aparece para substituir o modelo antigo. Então, sem demonstrar irritação, ele se voltou para aquele senhor e lhe perguntou: "Meu amigo, eu estou falando de carros? É sobre venda de carros a que eu me refiro?". Aquele velho não entendeu nada e retornou para sua mesa, no conforto proporcionado pela companhia da sua mulher e da sua netinha. Ele não se irritou com a interpelação daquele senhor, chamou o garçom e disse: "Meu caro, aquele idoso devia estar imaginando que somos parecidos, pois parece que, para ele, trocamos de mulher como se fôssemos... digamos... trocar de carro". O garçom também não entendeu nada e perguntou se desejava mais alguma coisa. Ele disse que sim, que desejava uma escopeta, ou uma adaga, ou uma pistola. O garçom não se espantou com sua fala, apenas ficou quieto, e retirou-se.

Na mesa da frente, os caldinhos, os patriarcas idosos com suas cadeiras de rodas, os fetiches das filhas, e os maridos falando de futebol formavam o eterno e repetitivo espetáculo familiar sempre dantesco. Num relance, ele reparou que o cuidador era o único que permanecera em silêncio. No momento, além de degustar o vinho, ele estava cada vez mais pensando em ter uma arma em casa. Afinal, pensou, qual seria a melhor forma de abreviar a velhice, os caldinhos, a solidão, e as palavras alheias que buscam interagir e sempre acabam por inquietar?

crônicas DE UM VIAJANTE

UM CORAÇÃO INTERNADO, MAS SÓ ELE SABE EM QUAL LEITO

Buenos Aires, 19 de janeiro de 2017

Aquela primeira noite foi muito fria em Buenos Aires. Iluminada pela lua, convidava para um vinho. Eu estava lá para participar de um seminário sobre os problemas ambientais do mundo globalizado. Confesso que, sobre essa questão, tenho mais a conhecer do que opinar, mas sempre digo que não entendemos esse mundo, cada vez mais plugado, fluido, repleto de julgamentos, incertezas e questionamentos. Um mundo que gera perguntas, interpretações diversas, respostas escassas e insuficientes. Eu também desejava respostas, por isso o meu comparecimento àquele seminário.

Como sempre, eu acordei cedo. Naquele ensolarado domingo, que contrastava com a madrugada chuvosa e fria, não imaginava que os meus dias na capital portenha abalariam minha indesejada ascese. A abertura do seminário, com todos os rituais, estava marcada para as nove horas. Olhei o relógio, tomei banho, vesti-me rapidamente e, apressado, sem tomar o café da manhã, dirigi-me à portaria do hotel. Lá estava Juan, um professor andino que eu havia conhecido na noite anterior, ele também estava ansioso para participar do seminário. Nós dois, querendo compartilhar opiniões, combinamos dialogar sobre as palestras que assistiríamos no decorrer da semana. Estávamos atrasados e, apreensivo, eu disse a ele se poderíamos dividir o táxi até o local onde se realizaria o seminário. Ele, muito gentil, disse que sim, que poderíamos ir juntos, mas que eu aguardasse um pouco porque sua amiga estava vindo.

Logo depois de concordar com a partilha, uma jovem mulher que estava sentada próximo à recepção, ouvindo nossa conversa, disse que também estava em Buenos Aires para participar do seminário e perguntou se poderia juntar-se a nós para dividir a despesa com o táxi. Concordamos e fiquei feliz por ele ter dito "tudo bem, podemos ir juntos". Não nego que aquela mulher, com longos cabelos revoltos, lábios delicados, uma suave pele clara, lindas mãos e belos olhos, chamou minha atenção. Então, nós três fomos para a porta do hotel, mas, inesperadamente e sem explicações, Juan olhou para mim e disse – vai com ela, eu vou depois com minha amiga. Não sei dizer sobre essa súbita reação de Juan; eu e ela não contestamos, não entendemos, mas fomos juntos. Eu e aquela mulher tomamos o rumo desejado. No trajeto, conversamos muito, trocamos impressões sobre a conjuntura política, a América Latina e sobre estar viajando. De repente, algo aconteceu, senti certa familiaridade, ou esse sentimento foi apenas um mero encantamento de minha parte que brotou devido às suas opiniões e demais detalhes, tão lindos e sedutores quanto suas ideias e palavras.

Ela estava receosa e, timidamente encostada na porta do carro, disse que era a sua primeira viagem ao exterior. Achei formidável que ela estivesse ali, sorrindo, confiando no acaso: no caso, eu e o motorista. Apesar de estar encantado, percebi que o motorista deu voltas, precipitou-se num sinal. Mas ela e eu, entregues a uma interessante conversa, nada entediante, não percebemos que o motorista buscava preencher com mais números o taxímetro. Nosso bate papo até hoje me faz acreditar que a sedução pode ser algo que acontece num primeiro encontro e me refiro a uma sedução que vem despreocupada e sutilmente proporciona um prazer desestabilizador. Só agora estou confortável para dizer: eu fui seduzido pela nossa conversa, por seus lábios, cabelos e sua pele; tudo isso levou-me ao esquecimento, pois não consigo recordar dos lugares por onde passamos.

Ao chegar ao nosso destino, onde as palestras e conferências seriam realizadas, fomos para a fila e continuamos nossa agradável conversa. Nós, sem atenção aos nossos celulares, dialogamos, observamos, construímos afinidades, numa manhã ensolarada, muito agradável, o que marcou minhas memórias até então apegadas a um passado bem distante. Hoje sei que aquele longo diálogo com ela ajudou-me a reviver, a sentir a vida nos mínimos detalhes, pois eu já a julgava morta. Que lembrança daquele dia! Eu estava lá, em meio a milongas, naquela imensa fila, encantado com ela e, ao mesmo tempo, pensando nas mulheres que governaram a Argentina, pois havia cartazes nas ruas com fotos de todas elas.

Essa fora minha segunda ida a Buenos Aires. Optei pelo mesmo hotel que, na primeira vez, aparentou ser extremamente agradável e tranquilo. Eu não nutria expectativas além do seminário, apenas pensava que aquela viagem me proporcionaria um refrigero. Para mim, aquele hotel, apesar de não ser charmoso, era conhecido. Realmente, viajei sem grandes esperanças, não imaginava conhecer alguém que proporcionasse algum tremor, pois eu não tinha intenções amorosas, talvez devido à idade ou ao envelhecimento, esse momento implacável que flerta com a solidão, e nos castiga.

E eu estava lá, viajando sozinho, no auge da finitude de um relacionamento, sem um norte amoroso, quieto, sem saber se assistiria a todas as palestras ou me dedicaria às visitas aos museus portenhos. No meio dessa incerteza, acabei seduzido.

Ela e eu ficamos uma eternidade naquela fila, até que entramos para assistir à primeira palestra e eu comecei a sentir algo estranho, uma felicidade inexplicável que até hoje não sei definir. Não sei se foram as afinidades, os diálogos entrecruzados, a solidão não manifesta do meu ser, porém a atração que ela proporcionou, alterou-me. Inegavelmente, eu fora seduzido por aquela mulher, por cada micro parte do seu corpo e até pelo seu andar.

E, respirando suas palavras, deixei minha imaginação livre, sem censura. Meus pensamentos estavam flertando com aqueles inesquecíveis lábios intocáveis, eternamente distantes, mas desejados, muito desejados por mim. Naquele instante, eu não sabia o que estava me conduzindo a ter pensamentos deliciosamente soturnos e um tanto indecorosos. Forte, permaneci passivo, sem me dar conta de como tudo aquilo me marcaria. Quanto ao seu rosto, eu não sei dizer, talvez indecifrável, inesquecível, mas sempre que me lembro dele, sinto uma sutil felicidade. A lembrança, às vezes, confunde-se com o desejo de morder aqueles lábios, misteriosamente belos, mas trancados para aventuras. E como não quero torturar-me, sempre que me recordo deles, logo procuro varrer meus pensamentos, tentando encontrar novamente o sossego que só se enraíza quando a minha imaginação dá descanso. O que posso dizer hoje é que não encontro o sossego e nem o sono. Fazia tempo que não sonhava. Fazia tempo que julgava estar soterrado, sem me mover. Hoje também penso que deveria ter permanecido assim, no completo ostracismo, pois os encantamentos repentinos nunca são compreendidos e acabam sempre sendo julgados.

Aquele dia ensolarado parecia não passar e, tanto ela quanto eu, não estávamos nos importando com os minutos. Cansados pela espera, com o sol marcando nossos semblantes, depois de assistirmos à primeira palestra, fomos procurar uma sombra. Como não havia uma mera sombra, acabamos nos refrescando com um pouco de água. No auge do frescor que a água nos proporcionava, ela disse que adoraria percorrer a cidade, visitar museus, praças e cafés. Enfim, ela desejava andar, e eu também. Isso é o que mais gosto quando viajo. Adoro percorrer vielas, galerias, o inusitado, as ladeiras e repousar nas sombras de árvores centenárias, admirando a arquitetura de tempos distantes, porque isso me proporciona sentir os lugares. Então fomos. Ela na frente, sempre com passos apressados e eu a observando, mas sem saber que aquela admiração inicial ganhava reforço a cada palavra dela e a cada passo apressado que dávamos. Hoje lembro-me daquele primeiro dia ao seu lado. Eu não havia perguntado o seu nome e nem ela o meu. Mas para que nomes? Como eu a respeitei! e como eu fora seduzido pela sua sutil sensualidade de menina...

Bem, como nem sempre há reciprocidade quando me encanto com uma mulher, acabo contentando-me apenas em observá-la, pois, na minha idade, não há mais o que exigir; sabendo disso, eu apenas contento-me com os escombros do meu passado. Apesar dessa resignação imposta pelo cruel tempo, que deixa marcas no rosto e no corpo, eu sonhei, esperei um telefonema dela, mesmo sabendo que isso era impossível. Quanto àqueles dias, só restou-me agradecer ao amigo Juan por ter me proporcionado aqueles breves momentos.

O retorno foi marcado pela angústia e pelo afastamento, determinado pelas últimas palavras que trocamos e, por isso, eu penso, ou talvez eu tenha certeza, que tudo aquilo que fora intenso em nossas vidas também naufraga com o tempo. Creio que tudo acaba adoecendo lentamente e que a causa disso possa ser a incompreensão, ou os nossos excessos, ou a velhice e a maldita solidão que me acompanha. Sim, penso que tudo adoece, para depois terminar num leito qualquer, ou nos braços do esquecimento. Passado o vendaval, confesso que não me importo mais se não receber um "olá, como está você?".

É isso! Essa breve história terminou no aeroporto com um mero adeus, acompanhado por um cafezinho, sem lágrimas ou esperanças de um reencontro. Sei que essa história não passou de um encantamento, ou de uma sedução unilateral, por parte de um homem que tem mais passado que expectativas futuras para iludir seu ego. Ego que segue confinado, numa quarentena que não tem fim. Talvez, o pior, é eu não ter desencadeado saudades.

E para aquele que também pensa nunca ter deixado saudades, eu aviso: não pense nisso, mas se for pensar, se tiver coragem, deve primeiro enrijecer os músculos da face para as lágrimas não jorrarem. Ou então, crie ilusões, sabote sua baixa estima e diga: fui importante! Mas não pergunte, não queira saber, durma tranquilo, saboreie seus últimos dias, ou entregue-se, mesmo que não conheça os corpos; e, depois, não se culpe, nem se condene, pois a culpa não é sua, apesar da ilusão gerada. Só não cometa a imprudência de querer contar quantos elogios recebeu na vida.

FOI NUMA VIAGEM

Cidade do Porto, num 12 de dezembro distante.

Já havíamos cruzado olhares sem inibições aparentes; trocamos sorrisos naquela manhã fria, mas ensolarada, na qual os únicos sons eram os das gaivotas e o do sino da torre dos clérigos. Lembro-me desses detalhes, daquela rua, do sol abençoando a torre e aquecendo nossos corpos e sorrisos. Devo dizer que algo me chamou a atenção: até nos distanciando nos observávamos.

Só que, naquele momento, eu não soube dizer se aquele jogo de olhares significava algo mais. Recordo que, depois de todos os pequenos e incertos flertes, tomei o rumo da igreja dos jesuítas, disposto a me aventurar pelos degraus da torre. Subindo lentamente aquela infinidade de degraus, em cada parada para tomar fôlego, eu olhava a bela vista, proporcionada por cada seteira. Além da bela paisagem, eu a observava. Lá embaixo, ela continuava olhando em direção à torre, talvez procurando meu olhar. Continuei subindo, às vezes parando, tomando fôlego e olhando para baixo, buscando aqueles olhos e sorrisos que contribuíam para intensificar a beleza daquelas paisagens. Como se eu pudesse adivinhar que ela se esforçava para me observar, em cada degrau que eu subia, parava, e olhava para baixo, buscando encontrar seu vulto, mas não sei o porquê, eu tentava, ao mesmo tempo, ignorar aquele sorriso. Talvez certa insegurança estivesse alimentando minha dúvida sobre as trocas de olhares e sorrisos. Eu pensava se aqueles sinais, aqueles gestos, eram, ou não, direcionados a mim.

Lembro-me de que eu continuei a subir os degraus sem me importar com a fadiga, mas satisfeito por ter encantado alguém. Esse é um tipo de sentimento que só a vaidade dá conta, ou nos ilude. E... confesso... eu não saberia dizer se essa impressão era real ou fruto da mera ilusão gerada por uma necessidade qualquer. Não sei nem dizer se fora um pequeno devaneio, próprio de alguma necessidade muito humana, que ninguém está imune.

Ao subir aquela escadaria, eu indaguei: "será que aqueles olhares foram direcionados a mim?". Eu tinha dúvidas, que só foram desfeitas quando eu percebi que realmente seus olhos procuravam por mim, pois ela, olhando para o alto, acenou e pediu para esperá-la. Nesse momento, tive certeza de toda a situação. Impressão confirmada quando a vi subindo os mesmos degraus que eu descia, depois de quase atingir o topo. A cena que não me abandona é o momento em que ficamos frente a frente naquela escadaria. Com nossos olhares paralisados, lembro-me de que um estranho desejo percorreu meu corpo e ela, sem nenhuma inibição, aproximou-se, pegou minha mão direita, levou-a aos seus lábios e mordeu meus dedos. E nossos olhares ficaram paralisados!

Meus dedos percorrendo seus lábios fizeram parte dessa viagem que guardo com imenso carinho e um certo arrependimento por não ter avançado; eu conheço a "barreira".

Naqueles dias, na cidade do Porto, estava evidente que eu ainda não havia esquecido do meu passado. Eu recebia seus sorrisos com certa vaidade, mas pensando no que encontraria ao retornar para a minha terra, pois havia alguém supostamente me aguardando e de quem meus pensamentos não esqueciam. Hoje tenho certeza de que alguns compromissos morais, como esse, constituem-se em freios que censuram meus desejos. Penso que nenhuma moral deva impedir que o desejo fique represado. Mas não consigo impedir que os freios gritem mais do que os desejos e isso é uma verdade que constantemente me incomoda. Não há como negar que, naquele primeiro dia, na terra ensolarada do vinho verde, na mais bela terra, cortada pelo velho douro, apaixonei-me por aquele sorriso e pelos desinteressados olhares cruzados, revelando-se interessados em algo mais.

Atualmente entendo não ter correspondido, não ter me deixado levar por aquele belo sorriso... e por aquela pele avermelhada, que brilhava a cada olhar, instigando minha imaginação. Talvez eu fosse muito puritano, amante de fidelidades inconquistáveis, ou um sonhador que teme estar equivocado. Um ser que teme o que pode não se concretizar; por isso, não se arrisca. Naquele mesmo dia, cruzamo-nos mais uma vez na beira do Douro. Ela brincou comigo, almejando a reciprocidade e eu, acovardado, ou sincero, pensando no que havia deixado, não retribuí. Foram mais alguns dias assim, com sorrisos recebidos, receios de minha parte, puritanismos crepusculares, impedimentos e auto censuras que não facilitam a felicidade. Hoje fico pensando se abreviei ou ignorei o destino, ou se se tratava de um mero momento que não retornará.

Nunca esqueci desses instantes e até hoje fico pensando no motivo que me fez não tentar me aproximar. Será que eu apenas estava conservando minha fidelidade naquela viagem, de que nada me servira, pois, ao retornar, fiquei sabendo, que, na minha ausência, havia se concretizado um pedido de noivado. Adianto que não era o meu noivado, mas era daquela que eu acreditei que estaria aguardando o meu retorno.

Eu voltei mais duas vezes à cidade do Porto, subi os degraus da velha torre dos clérigos, mas não vi aquele sorriso. Estaria ele perdido nos telhados do velho casario?

Quando penso naquela que foi a protagonista responsável por aflorar meus desejos na cidade do Porto, eu entristeço. Fico pensando se foi o meu moralismo ou pura covardia que atuou em mim, servindo de censura. Mas sua imagem ficou gravada e eu continuo com meus pesares por não ter permitido que a vida transbordasse naquela cidade. Mas hoje, eu amaldiçoo o moralismo que tomou o mesmo avião.

E foi devido a essa auto censura, a essa experiência, que deixo a seguinte recomendação: deve-se ser imprudente enquanto é tempo, e arriscar, revelar o desejo. Depois, com o tempo, recomendo que seja prudente, econômico nas palavras, equilibrado nos sentimentos, e em tudo que possa gerar provas contra ti. A prudência nos preserva, evita condenações, embora seja uma aberração, ela é um salva vidas. Mas se não tiver medo de morrer afogado, arrisque, ame, divirta-se. Mas cuidado, amar exageradamente gera desconfiança. Então, seja um pouco dissimulado. E se não souber o que fazer, não faça, esconda-se no computador, nas inúmeras telas, nesses picadeiros que camuflam a vida, e que você pode deletar a qualquer hora.

crônicas DE UM VIAJANTE

TÚNIS E DEPOIS, O DESERTO

Tunísia, julho de um ano qualquer.

Numa bela manhã ensolarada, em meio a meus familiares e do lado do meu cachorro – um companheiro inseparável – falei que faria uma viagem ao exterior, mas que ainda não havia escolhido o lugar, embora já havia me inclinado para conhecer a Tunísia. Para não despertar apreensões, disse apenas que pensava em viajar para terras que instigam o imaginário ocidental. Anunciei a todos que havia criado coragem para percorrer terras onde reinam outras línguas, que essa experiência seria importante, que me seduzia, como me seduz o outro, aquele outro, que vive além e aquém das etiquetas do ocidente. Eu já havia pesquisado qual país seria mais fácil para pousar minha curiosidade, sempre seduzida pelo oriente, pelo continente africano e pelo mundo muçulmano. Me lembro que um dia pensei no Egito; no outro dia, minha imaginação percorrera o Marrocos... depois a Tunísia e, enfim, em meio às incertezas, vi fotos das ruínas de Cartago e de um bairro, banhado pelo mediterrâneo, chamado *Sidi Boud Said*. Um bairro que, no passado bem distante, era apenas uma vila de pescadores, mas que fora transformado num ponto turístico, com casas de chás e hotéis charmosos, em meio a pitorescas vielas, ruas de pedras e casas brancas e rosas com seus muxarabiês. Não me importavam as mudanças que ele sofrera com o tempo, mas as fotos me seduziram e resolvi que a Tunísia seria meu destino. Então, quando comuniquei minha intenção, eu já tinha me decidido, comprado as passagens, reservado os hotéis, pois meu intuito era percorrer o país na esperança de compreender um pouco sobre a alteridade. Foi isso... anunciei a escolha e a minha família desejou-me uma boa viagem, uma boa estadia e, claro, um bom regresso. Desejos que me tranquilizaram, porém sabia que eles ficariam apreensivos.

O voo fora num velho avião russo de transporte de tropas, mais ou menos convertido em avião de passageiros regulares, ou, nem tanto, pelo que pude perceber ao entrar, pois não sei dizer se fora alterado realmente... ou sofrera ligeiras adaptações. Saí de São Paulo às vinte e duas horas e cheguei ao amanhecer em Túnis, depois de quatorze horas e meia de viagem e um forte susto, devido a uma turbulência que arrancara alguns passageiros de seus assentos. O voo lembrou-me de uma história bíblica, a da Torre de Babel, pois dentro do avião havia russos, turcos, árabes, berberes e brasileiros de diversos estados. Fora um percurso marcado pelos costumes dos passageiros e, por um pedido de casamento, estranho para nossos padrões ocidentais. Meu lugar era na segunda fila, a dos assentos populares, ou, de forma mais refinada, a da classe econômica. Na poltrona ao meu lado, havia um rapaz que, logo que o avião iniciou manobras para decolar, colocara seu fone de ouvido num volume tão alto que me permitia ouvir um Heavy metal alucinante; ao mesmo tempo, imaginava que o sujeito poderia ter traumas de guerra. Nas poltronas da fileira à minha frente, sentou uma família e, pelo que pude perceber, eram turcos, cujo destino era Istambul; entre eles, havia uma jovem brasileira que aparentava ser adolescente, só que possivelmente não era. Então, todos acomodados, a Torre de Babel começou a deslizar pela pista, preparando a decolagem. Era uma algazarra mesmo, composta por nacionalidades e etnias diversas, talvez inimigas, o que gerou um grande temor de minha parte. Por isso, logo imaginei que poderia ocorrer uma tragédia, mas sabia que os péssimos filmes sobre o oriente e o mundo islâmico, sempre estereotipados, acabam nos induzindo a esses pensamentos. Entretanto, como tenho verdadeiro pânico de avião, eu pensava em tragédias e acidentes mesmo. Repentinamente, felizmente, a minha consciência acabou dizendo: pare de pensar em tragédias, meu caro! E imagine o que irá ver de novo e diferente! Nem havia se estabilizado, ainda estava subindo, quando presenciei, no início da decolagem, uma leve abordagem cultural, com esperança matrimonial. A família turca, acomodada na fileira da frente, conversava freneticamente com a jovem brasileira que revelava certa descontração, comum aos mais jovens – claro, nem tão medrosos como eu. A conversa fluía e era acompanhada pelo patriarca da família, certamente a imagem de ser um homem sereno. A conversa parecia agradável, assim como os sorrisos; só um pouco desagradável era o Heavy metal do meu vizinho. Bem, então pensei – não podemos exigir harmonia quando metade do mundo se reúne num espaço pequeno, ninguém se olha, e não se reconhece.

Depois de quatro horas de voo, o silêncio se implantou na fileira da frente. A brasileira ficara muda, como pude perceber, e o patriarca, olhando friamente, como esperando uma resposta daquela jovem latina, sorriu. O sorriso e as palavras eram acompanhados pelos olhares das duas mulheres que ficaram emudecidas. Foi uma falta de ruídos repentina, com a jovem brasileira claramente paralisada e com cara de espanto. Enquanto isso, eu estava quase surdo com aquele Heavy metal, por isso não ouvi o que a teria levado a se assustar e fiquei intrigado. Foi nesse momento que ouvi uma voz dizendo – tudo bem aí, minha filha? E a jovem brasileira, olhando para trás, respondera – tudo bem, sim, pai. Bastou essa reação para o patriarca desviar o olhar da jovem e passar a conversar com aquelas duas mulheres que estavam sentadas ao seu lado, com os cabelos cobertos por belos véus, provavelmente suas esposas, ou concubinas.

Depois de quatorze horas e meia de viagem, o avião chegou a Túnis. Desci e reparei que muitos brasileiros também tinham como destino a Tunísia. Inclusive, desceu a jovem que estava sentada ao lado da família turca que permanecera no avião. Realmente fora coincidência, eu e a jovem brasileira com seus familiares descermos e pegarmos o mesmo ônibus, para o mesmo hotel. No caminho até o hotel, ela agradecera a intervenção daquela voz, que agora estava seguindo o mesmo trajeto que nós e partilhando aquele velho ônibus. Todos nós rumávamos no mesmo caminho. Eles estavam rindo e, olhando para mim, perguntaram-me se eu havia percebido o que ocorrera. Eu lhes disse que não havia percebido nada, que havia ficado meio surdo com a música ao meu lado e, ao mesmo tempo, imaginando que aquele jovem, com seu fone de ouvido, fosse um lunático de tantas guerras e, por isso, corríamos perigo. Então, aquela jovem me relatou o que ocorrera. Disse-me que fora pedida em casamento pelo senhor turco e, com a concordância de suas esposas, havia sido aprovado. Ingenuamente, eu perguntei como seria o casamento, o que os fez rir, mas realçaram que não fora brincadeira e me disseram que temeram o agravamento da situação caso houvesse insistência. Então conversamos no trajeto até o hotel, brincamos com o pedido de casamento e, depois, resolvemos visitar as ruínas da cidade de Cartago.

Ao chegarmos ao hotel, percebemos que estava ocorrendo uma festa e, evidentemente, não sabíamos o que era, mas perguntei ao recepcionista o que estavam festejando e ele me disse que era uma festa de casamento dada por um senhor que ali estava, de terno preto. Reparei que ele estava muito bem vestido como sua mulher, que aparentava ter uns dezesseis anos, ou um pouco mais. Logo imaginei aquela jovem brasileira coberta de rena, joias e sendo levada pelo patriarca turco, para aumentar sua vaidade. Não falei nada para ela. Esse meu devaneio poderia afastá-la de nós, pois ela poderia imaginar que eu desejava estar no lugar daquele senhor. Então, seguimos para Cartago e minha imaginação se pôs a trabalhar logo que me vi diante de imensas colunas e antigas construções que nos levam a perceber o quanto as antigas civilizações podem ter acreditado na sua eternidade e nem imaginar o quanto são efêmeras. Logo depois de Cartago, seguimos para Sid, a velha vila de pescadores que o turismo transformara num lucrativo negócio. No dia seguinte, eu tomei o rumo do deserto com o intuito de conhecer tribos nômades e, infelizmente, eles seguiram outro caminho. Continuei minha andança pela Tunísia e imaginando como seria o casamento daquela jovem brasileira com aquele senhor turco. Fiquei pensando nisso enquanto me dirigia ao encontro do meu deserto. E não a vi mais. Talvez tenha se casado com um árabe mais novo, com um turco em tenra idade, se perdido nas dunas, ou se entregado à libertinagem, sempre tentadora.

REFUGIADAS

Quito, julho de 2018

No meu primeiro dia, logo pela manhã, saí do hotel com a intenção de conhecer o belo centro histórico da cidade de Quito. Eu estava interessado, principalmente, no seu imenso patrimônio religioso, formado por um conjunto de igrejas e mosteiros que me possibilitariam conhecer a arquitetura colonial espanhola que ainda reina nos Andes. Mas eu também desejava encontrar o desconhecido barroco quitenho, com seus simbolismos que sinalizam o mundo pré-colombiano. Então, tomei meu café e, com minha máquina fotográfica saí por aquelas ruas ao encontro da arte ibérica que se faz presente nas terras andinas. O primeiro encontro que tive com aquele imponente conjunto artístico ocorreu quando entrei no mosteiro de Santo Domingos, com seu majestoso campanário, seus contornos hispânicos, seus altares esplendorosos e sua impressionante Capela do Rosário. Estava diante de um dos mais belos exemplares da arquitetura religiosa espanhola e fiquei paralisado, imóvel, fotografando; admirado com aquele esplendor barroco, logo fiquei estático, imaginando como deveria ser o cotidiano no período de sua construção. Imaginava quantas botas espanholas não haviam pisado aquele assoalho, quantos corpos não teriam se ajoelhado nos seus bancos, orado em penitências, fazendo promessas amargas e deixando-se transcender com os sons daqueles imensos órgãos. Pensativo, sentei-me num dos bancos seculares daquele mosteiro e fiquei longos minutos surpreso, em êxtase: a cúpula, o altar central, a capela do rosário e os altares laterais eram magníficos. Só que logo o silêncio do ambiente foi quebrado pelos ruídos de vozes que gradativamente iam aumentando atrás de mim; percebi, então, que um número significativo de pessoas estava entrando na igreja. Não foi difícil perceber que a hora da missa estava chegando, pois o mosteiro estava cada vez mais repleto de corpos, sem distinção de idade. Aquele espaço sacro logo se tornara rumoroso. Rapidamente, ele ficou repleto de vozes que aguardavam o início da liturgia. Resolvi ficar para assistir ao culto, mesmo não sendo religioso, pois estes rituais me atraem e me transportam momentaneamente ao passado. Eu estou sempre querendo compreender um pouco do cotidiano de séculos distantes, que nunca são totalmente apagados pelo tempo. Por isso permaneci lá, observando, tentando imaginar o dia a dia de um distante passado.

Observei que aqueles corpos eram de diversas idades, alguns talvez estivessem ali pela primeira vez; outros não, mas, não sei o porquê, eu imaginei também que todos deveriam ter convivido com os diversos tremores que sacodem os Andes regularmente. Essa ideia brotou naquele instante, pois eu pensava nos inúmeros terremotos que aquelas construções haviam suportado. Antes do início da missa, toda a ritualística se abria aos meus olhos, com os membros do clero se acomodando nos bancos laterais, próximos ao altar mor. No fundo da igreja, certamente, estariam os gentios, sentados nos lugares que lhe eram destinados, ou melhor, nos bancos destinados aos empobrecidos e espoliados mortais; quanto aos bancos próximos ao altar central, parecia que abrigavam os membros das famílias abastadas daquela sociedade. Os lugares sociais dizem muito nas antigas igrejas barrocas – isto é, tanto lá como cá. Quanto a mim, eu fiquei em pé, esperando o início da missa. Me recordo que, no decorrer da missa, eu fiquei surpreendido com uma cena: ao ver um mendigo entrando pela porta central, esfarrapado, com vários panos amarelados amarrados às pernas, cobrindo, provavelmente, suas feridas. Ele caminhou até próximo ao altar mor e ali se sentou num banco. O mesmo banco que lhe fora oferecido por um dos sacristãos. Sim, ele oferecera seu lugar. Logo pensei na arquitetura, reformulada, que cercam as igrejas da minha cidade natal no Brasil. Impossível não perceber que as igrejas da antiga terra de Santa Cruz não acolhem andarilhos, sejam eles mendigos esfarrapados ou não. Nem mesmo os adoentados têm lugares garantidos nos cultos de minha terra. Não sei dizer se há um apartheid religioso consciente ou inconsciente nas igrejas brasileiras. Contudo são visíveis as grades que protegem os vários templos espalhados pelo Brasil. Elas se constituem numa barreira simples, pois servem para bloquear o trânsito dos necessitados que buscam acolhimento espiritual e ajuda material dos homens de bem que todos os domingos vão a missa pedir não sei o quê. Mas vão, rezam, ajoelham, e alguns até deixam cair suas lágrimas.

Penso que a maioria das igrejas no meu país possuem estratégias funcionais para a segregação, compostas por cercas "socialmente higiênicas". Não quero acreditar e procuro não pensar que esta higienização fora proposital e pretendida pelos homens honrados que adentram os nossos espaços religiosos pedindo uma graça divina, sempre bem privada. Mas, no fundo, sei que o distanciamento está presente até nos espaços religiosos.

Pensando sobre isso, continuei minha peregrinação pelo centro histórico de Quito e meu destino, depois de sair do Mosteiro de Santo Domingo, era a igreja dos jesuítas. No caminho até ela, observava os transeuntes, seus traços, sua estética e, claro, pude observar que aquela paisagem social era marcada pela forte presença de povos nativos da cordilheira. Parei em frente à suntuosa igreja dos jesuítas: eram tantos os ornamentos que fora difícil conseguir uma foto com um enquadramento que mostrasse seu esplendor e a beleza daquela arte religiosa espanhola. Depois de admirar e observar aqueles corpos nativos, com seus trajes ancestrais, que demonstram seu orgulho, eu entrei na igreja também repleta. Era outra missa e com corpos com a mesma aparência, porém se diferenciavam dos corpos que estavam no entorno da igreja. Sim, não deu para passar despercebido que, nas igrejas, não havia corpos andinos com seus trajes ancestrais, muito embora todos deveriam ter descendência das várias etnias que percorreram aquelas montanhas. É bem provável que a barreira fosse outra e bem diferente das cercas e portões que defendem as igrejas brasileiras do avanço da mendicância. Mas não saberia dizer se eram realmente barreiras invisíveis ou recusas daqueles que rejeitaram a catequese, pois sabiam o que ela significava. Depois de alguns minutos, e algumas fotos do interior, resolvi me dirigir a algum estabelecimento onde eu pudesse comer algo, beber, olhar minhas fotos e descansar. Perguntei para um senhor que comprava jornal numa loja próxima onde eu poderia tomar um café e comer uma tortilha. Muito prestativo, aquele senhor me indicou um pequeno bar café a duas quadras da igreja jesuítica. E lá fui eu, ao encontro daquele café e do meu cafezinho; encontrá-lo não foi difícil, como não foi difícil me comunicar com aqueles jovens atendentes, que não pareciam nativos, assim imaginei ao conversar com eles.

Todos procuravam ser prestativos; em sua maioria, mulheres jovens. Pelo que pude observar, não eram andinas. Péssima conclusão quando o fenótipo é a orientação. Então me sentei no balcão, sempre meu lugar preferido, pois posso conversar com os balconistas, olhar como preparam os cafés e descobrir como pensam sobre suas vidas e o seu trabalho. Pedi um café, algumas pequenas tortilhas e uma água. Fiquei ali, como se diz na minha terra, assuntando. A moça que me atendeu tinha belos olhos, um semblante sereno e cabelos amendoados. Iniciei uma conversa com ela, que me chamara a atenção, pois andava rápido e, entre um atendimento e outro, olhava ao celular e digitava algo. Reparei que seu espanhol era diferente, então perguntei de onde era. Ela me disse que era da Venezuela. Curioso, eu imediatamente perguntei quanto tempo ela residia em Quito e, para meu espanto, ela me disse que havia chegado no dia anterior, com outras mulheres, todas jovens, na busca de emprego e uma pífia sobrevivência.

Ela me relatara que morava próximo ao café, com mais oito mulheres, das mais variadas idades, e que todas estavam no Equador à procura de um trabalho e, quem sabe, dar continuidade a seus estudos. Ela me disse que todas ali que trabalhavam no café eram venezuelanas. Ao todo, eram seis. Alegres, brincalhonas, mas visivelmente ansiosas – ansiedade justificada, como me inteirei, pois elas aguardavam o visto de trabalho e, se não o recebessem, entrariam na clandestinidade. Querendo relatar seus dramas, ela ainda me disse que, se não obtivessem o visto de trabalho e tivessem que entrar para a clandestinidade, elas estariam sujeitas a todo tipo de propostas, se quisessem ganhar sua pífia sobrevivência. E não fora difícil imaginar as propostas que aquelas jovens deviam receber, ou já receberam, ou continuarão recebendo, de todos os gentios que frequentam as missas todos os dias, com seus filhos, netos e esposas, com seus véus e vendas, e não veem a triste realidade que as cerca. Mas creio que a cegueira possa ser proposital, ou financeira, ou que a hipocrisia fale mais alto.

Agora, mergulhado nas páginas da obra "O Amor nos tempos do cólera", de Gabriel García Márquez, reflito sobre a indagação de Florentino Ariza à mulher deitada ao seu lado... e no comentário que ela fez. Disse ele: "qual dos dois estados seria o amor – o da cama turbulenta ou o das tardes aprazíveis dos domingos". E a resposta dela, simples, foi: "há dois tipos de amor:

o da cintura para cima e o da cintura para baixo". Penso que aqueles que acreditam que terão os dois estados a vida toda, são alimentados por uma grande ilusão, um sonho, ou um auto engano consciente, e que depois de anos, triunfará o da cintura para cima, fruto de terem escolhido cumprir o mandamento: "até que a morte nos separe". E com o descaramento costumeiro...

UMA CAMAREIRA E OS HOMENS RESPEITÁVEIS

Sevilha, julho de 1995

Acordei cedo naquele sábado que, apesar de ensolarado, estava relativamente fresco. Preparei-me para conhecer o centro histórico da cidade de Sevilha. O meu maior interesse era conhecer sua catedral gótica, percorrer a Judería e fotografar os murais de azulejos da praça de Espanha. Meu interesse por esses locais era antigo – posso dizer que, desde a época da faculdade, eu queria pisar o solo da antiga capital espanhola, sede de um dos maiores reinos da era moderna. A minha inclinação foi reforçada por um documentário que eu assistira e havia me encantado. Eu também me sentia atraído pelas touradas e pela luta pela preservação da tauromaquia que enfrenta a resistência de ONGS ligadas a preservação e cuidados com a vida animal. Aliás, a preservação da tauromaquia era encampada por toureiros e espectadores que não eram poucos.

Depois de conferir meu equipamento fotográfico, desci para o restaurante, onde o café da manhã era servido. Eu havia resolvido descer pela escada; lentamente descia aqueles degraus, quando, ao passar pelo andar onde ficava a piscina, resolvi olhá-la e me deparei com uma cena pouco familiar ao nosso modo de ser e estar no mundo, o que gerou em mim um certo acanhamento, pois as mulheres na piscina, tomando banho de sol, estavam praticamente sem a parte de cima do traje de banho. Apesar da inibição causada por aqueles corpos, eles não me causaram surpresas, nem espanto, e continuei minha trajetória rumo ao salão para tomar meu café da manhã. Como era muito cedo, creio que, pelos padrões espanhóis, o restaurante ainda estava vazio. Bem, como havia me levantado com uma fome colossal, acabei me fartando de ovos com bacon, pães e embutidos. Talvez, se tivesse mais gente, eu não teria comido tanto. Precisei me conter, afinal as guloseimas eram abundantes, calóricas e com poucas fibras. Terminado o café, peguei a direção da rua, rumo à catedral de Sevilha; todavia, antes de conhecê-la, dei início às andanças cotidianas, próprias de quem está viajando, que não teme o cansaço, porque sabe que a curiosidade sempre supera um possível desgaste físico. Andei por ruelas, sem me ater ao tempo. Andei muito, me perdi, e adorei.

Creio que já eram umas doze e trinta, fazia um calor de rachar, implacável, para os não iniciados no clima europeu. Era verão, observei o termômetro, que marcava vinte e oito graus – para um mouro, seria muito frio; para os espanhóis e tupiniquins, era apenas o início de um escaldante verão. Andando pelas ruelas da Judería, com o calor aumentando, senti que necessitava de água, que deveria abastecer-me de líquido, ou sucumbir nas mãos da desidratação. Então entrei num pequeno bar, buscando o nosso líquido precioso de cada dia, que, do outro lado do mediterrâneo, com certeza, deve valer vários centavos a mais do que um litro de petróleo, ou seja, deve valer uma fortuna. Logo que entrei no bar, pedi uma garrafa de água, mas acabei comprando duas e saí rapidamente daquele recinto que tinha cheiro de páprica e alcachofra. O ambiente era estranhamente seco, aromático e quente. Ao sair, me deparei com duas jovens sentadas num banco de pedra; elas pareciam nervosas e um tanto tristes. Reparei que aqueles dois corpos estavam queimados pelo sol, com seus cabelos cacheados, longos e soltos, que caíam sobre os ombros. Também havia notado que elas deixavam cair lágrimas, que refletiam os raios da estrela que castigava Sevilha e seus visitantes naquele dia de verão. Embora o dia tenha começado morno, aos poucos ele tornara-se tórrido.

Suas lágrimas me chamaram a atenção, por isso me sentei na frente delas e reparei que a de vestido branco, com lindos bordados, tinha marcas no braço direito – eram marcas de unhas. Ela era a que mais chorava; às vezes, consolada pela outra que demonstrava enorme tristeza. Minha reação foi a de oferecer a garrafinha gelada para colocar nas marcas do braço e, assim, amenizar um pouco aquele ardor. Arrisquei-me e ofereci; ela educadamente a pegou, sorriu, agradeceu e depois as duas convidaram-me para me sentar ao lado delas.

Ao chegar mais próximo, notei que aquele rostinho delicado me era familiar; busquei no fundo de minhas memórias saber onde tinha cruzado com ele. Acabei forçando minhas memórias e acabei acertando, pois eu disse a mim – eu a conheço do hotel. Acertei, aquela era a arrumadeira do hotel onde eu estava hospedado. Depois do reconhecimento facial, perguntei a ela o que ocorrera com seu braço, imaginando, logo, que aqueles arranhões eram resultado de uma briga de casal, ou uma tentativa de assalto que ela sofrera. Mas nada disso, pois ela me disse que o gerente tentou levá-la a força para um quarto e ela resistira. Disse que gritara, com todas suas forças, até que o dono apareceu e disse a ela para pedir as contas. Depois me inteirei sobre o gerente e o dono do hotel; disseram-me que eram pessoas respeitáveis, que haviam lutado contra o fascismo. E quem me falou da respeitabilidade daqueles dois senhores foi o vigia do hotel, o cozinheiro, o manobrista e o porteiro. Todos homens, e com discursos parecidos. Bem, depois de ouvi-los, fiquei pensando se há diferenças entre os fascistas e a aridez de alguns machos que se vangloriam por terem lutado contra eles na Guerra Civil, mas possuem atitudes semelhantes. Homens que, às vezes, escondem-se debaixo do seu ar de respeitabilidade, sendo assim livres de suspeitas por terem combatido os apoiadores de Franco. Aliás, não tenho dúvidas de que é muito preocupante quando se constata que a última garrafa moral está quase seca.

Depois do saber como eles eram respeitados, transportei-me para o outro lado do Atlântico, para minha terra de origem, imaginando quantas camareiras não sofreram e sofrem abusos, perdem seus empregos e voltam humilhadas para seus lares. Isso porque, nas terras do Cristo Redentor, há, também, gerentes e donos de hotéis que sempre aparentam serem muito "respeitáveis" e são bem vistos pela suposta retidão de caráter. Até recebem o certificado de "homens bons" e frequentam cultos religiosos! E alguns ainda gritam: "Deus acima de tudo".

crônicas DE UM VIAJANTE

FOI NO TAMBOR DE CRIOULA

S*ão Luís do Maranhão, num verão distante*

O avião partiu da fria e úmida terra da garoa às 17h, com previsão de chegada a São Luís às 20h30. Nele estava um certo doutor das letras, com seu tradicional temor de aviões e seu antigo receio de que o imprevisto acontecesse. O embarque para ele sempre fora difícil, afinal o medo sempre o acompanhava nas suas viagens aéreas. Não sei como ele imaginava o inesperado, mas imagino que essa palavra poderia significar que os Lençóis Maranhenses, o Tambor de crioula e o Tambor de Mina não seriam vistos por ele, por qualquer motivo. Creio que imaginava que um urubu na turbina, ou uma falha técnica ou humana, poderiam acarretar sua não chegada. Mas os Lençóis continuariam lá, assim como os Tambores, mesmo ameaçados pelo desrespeito e independente das intempéries que os viajantes sempre imaginam.

Era sua oitava viagem, sempre sozinho, como ele desejara e sempre planejara. Ao chegar, após desembarcar, pegar as bagagens na esteira do aeroporto, deixando o imprevisto e o medo para trás, ele ouve uma voz familiar, que, quase aos gritos, dizia: "olá, querido professor! Não se lembra de mim? Sou sua ex-aluna do curso de Letras! oi! Sou a Pamela! O Sr. se lembra?". Antes que olhasse para ver quem era, pois necessitava das fisionomias para ativar suas lembranças, ele sentiu que aquela recepção ficaria marcada na história daquele aeroporto. Porém, pensou que fosse uma simples premonição. Mas não era, pois logo presenciaria um triste teatro.

Depois de todos os olhares maliciosos do aeroporto tomarem conhecimento da sua presença, da recepção festiva de sua ex-aluna, ele aproximou-se dela e lhe fez a tradicional pergunta que todos fazem ao rever alguém e num lugar que nem imaginamos: "o que faz aqui, Pamela?". E ela, sorridente como sempre, pediu a ele que guardasse silêncio, só por uns minutos, porque o seu noivo estava chegando e ela iria lhe fazer uma surpresa. Então, com voz baixa, aquele delicado rostinho, com ar eufórico, sorridente e esperançoso, como sempre fora, lhe disse: "professor, eu estou morando nessa maravilhosa cidade, acabo de fazer um curso de culinária e preparei um jantar para o meu noivo, com comidas típicas, que será acompanhado de um delicioso vinho". Segundo ela, era um vinho especial. Ela ainda lhe relatou que os pratos que preparara, aprendera no curso de culinária regional, oferecido pela prefeitura. Ainda disse que aquele jantar era o primeiro que fizera sozinha. Seu ex-professor a felicitou, mas ficou ali, no saguão do aeroporto, esperando para conhecer o tão aguardado e sortudo noivo. O professor ficou parado, com ar curioso, pois desejava saber a reação do jovem noivo com aquele encontro e a revelação dos preparativos.

Logo que apareceu, o professor o reconheceu. É, ele reconheceu aquele jovem tão aguardado por ela. Ele viu quem era o protótipo do "príncipe encantado" da sua ex-aluna e seu semblante se alterou, sem poder dizer o porquê, sem esconder o que sentia, mas apenas tendo a certeza de que ela se decepcionaria logo. Pensou isso por que tinha alguma desconfiança? Ou por que algo havia ocorrido naquele voo? Algo que a faria se decepcionar com aquele rapaz? E a quase certeza que o velho professor demonstrava não era um mero instinto, como dizem certas pessoas. Ela se decepcionaria com seu noivo porque aquele jovem, com aparência de príncipe do cinema espanhol, fora advertido durante o voo pelas aeromoças, pois seu comportamento não estava adequado às normas de segurança estabelecidas pela companhia aérea, muito menos com a ética comportamental que se espera dos nossos semelhantes, principalmente para com as mulheres. Sim, o professor imediatamente o reconheceu, pois fora aquele rapaz que havia seguido uma passageira até o banheiro, forçado a porta, o que levou a interferência do comissário de bordo e das aeromoças que o avisaram para respeitar os passageiros, principalmente, as mulheres.

Ele parecera não se importar, pois sorriu, retornou à sua poltrona, continuou não seguindo regras de bom comportamento e ainda fez gestos obscenos para outra passageira. Então o comissário foi até sua poltrona e, delicadamente, advertiu-o, com palavras ríspidas: "ou o senhor para com esses gestos, ou, ao descer, a polícia estará esperando-o, viu, meu Senhor!".

Foi nesse instante que um outro passageiro disse ao mesmo comissário que a polícia deveria ser informada, pois, segundo ele, aquele rapaz já cometera os assédios. Mas o comissário, talvez com receio de perder o emprego, acabou por ignorar aquela fala. O professor percebera o pouco caso feito pelo comissário e fez o seguinte comentário para o outro passageiro: "creio que a equipe de bordo tenha achado melhor disfarçar". Ele percebeu isso, porque, logo depois, todos procuraram voltar à normalidade e ninguém, ninguém mesmo, responsável pelo voo ou que trabalhava nele, sequer deu atenção à jovem que sofrera o assédio e que chorava intensamente. É claro que a insensibilidade dos que estavam trabalhando naquele voo chamara a atenção de todos.

Aquele professor, imediatamente, teve a vontade de relatar para sua ex-aluna o que ocorrera no avião, ao ver quem era o seu noivo, pois se sentira extremamente incomodado. Parou para pensar bem e se conteve, em um primeiro momento. Entretanto, logo a chamou num canto, disse tudo o que havia ocorrido e pediu para que ela confirmasse com as aeromoças, ou com o comissário, a história que ele lhe relatara, ou melhor, se era verdade ou não. Ela ficou assustadíssima e foi confirmar se o que ouviu de seu ex-professor procedia ou não. Mas tanto as aeromoças quanto o comissário negaram que ocorrera algo durante o voo. Ela, indignada e aos berros dentro do aeroporto, chamava seu ex-professor de louco, invejoso e ressentido. Ao sair, se virou e ainda berrou: "seu mau amado!". E o fez para que todos ouvissem. Depois desse escândalo, ele, de costas para ela, pediu um táxi, pois desejava descansar (inclusive, descansar sua mente) e preparar-se para fotografar as manifestações culturais de matrizes africanas que ainda marcam a paisagem da capital maranhense.

No outro dia, ele acordou bem cedo, ainda tentando esquecer as palavras que ouvira da sua ex-aluna, foi tomar café e depois seguiu para o centro histórico de São Luís, onde ocorreria o famoso Tambor de crioula. Apressado para fotografar essa manifestação cultural, ele chegou cedo ao mercado central, onde se realizam as apresentações e aguardou aquecer os tambores. Durante a espera, observou uma senhora negra, provavelmente remanescente quilombola, fumando seu cachimbo, bem pensativa. Ele observou que ela estava junto aos homens que aqueciam os tambores ao seu redor, em total silêncio, como se estivesse dialogando com seus ancestrais. Aquele silêncio que marcava o local antes do início dos batuques foi quebrado por um casal que, aos berros, trocavam insultos verbais e logo partiram para as agressões físicas. O professor reparou quem era aquele casal. Era sua ex-aluna e o noivo, convertidos em pugilistas da fala, que não escondiam seus ódios latentes e se agrediam de forma feroz.

Aquela senhora, que aguardava o som dos tambores e que despertara a sua atenção o olhando fixamente, também se virou para observar a briga daqueles dois. Ela sorriu, para depois fazer um gesto na direção do professor, chamando-o. Foi então que ele se aproximou dela e ela, sorrindo, lhe disse: "o senhor também esta espantado com a cena?".

O professor não se inibiu e narrou a ela o que presenciara no avião. Contou conforme o fizera àquela jovem. Relatou tudo o que aquele rapaz havia feito durante a viagem – assim o fez, porque aquela garota era sua ex-aluna, ele tinha muito carinho por ela, como tinha por vários de seus ex-alunos. Ele também descreveu o "faz de conta" que fora a insensibilidade da equipe de voo. Depois falou para aquela velha senhora como sua ex-aluna o havia xingado no aeroporto. Aquela senhora, que aparentava uns noventa anos, olhou bem para ele e lhe disse: "meu caro, o senhor se indignou... porque o senhor é um bom homem, mas o senhor tem uma sina, a solidão, pois se recusa a ficar calado nesse mundo onde ninguém quer mais se envolver, por medo, ou para manter as aparências, como a companhia aérea". Foi então que o professor falou de si, profissionalmente, e aquela senhora ainda lhe disse: "daqui a pouco irão lhe calar, meu caro professor".

Bem, depois dessas palavras, ele ficou alguns minutos pensativo e disse para aquela senhora que depois do que ocorrera no aeroporto, ele tinha uma única certeza e essa era a de que apenas a maturidade é que tem o poder de nos fazer reconhecer quem, realmente, tem por nós um carinho, uma amizade desinteressada e realmente sincera. Ele ainda disse: "mas, minha senhora, a maturidade sempre chega tarde demais e, quando ela chega, percebemos o que ficou para trás". Aquela envelhecida e altiva senhora, olhando-o fixamente, ainda disse: "você, meu caro professor, tem uma alma bela, portanto não espere nada e siga, apenas siga, pois essa é sua sina e de todos os outros românticos como o senhor, que serão eternamente atacados pelos burocratas fascistas e por todos os fardados que se julgam acima do bem e do mal, que desejam silenciá-lo, mas que não silenciaram os Tambores de Mina e nem os Tambores de Crioula, que continuaram suas narrativas orais, sem palavras, mas repletas de sons que chegaram até aqui para que possamos conhecer uma outra História desse país que guarda estreitos laços com a mãe África". Mas que muitos negam, pois desejam embranquecê-lo, do Oiapoque ao Chuí. É por isso que a dor tem cor!

A FREIRA E AS ROSAS

S*alta, norte da Argentina em 2009.*

A cidade de Salta, localizada no norte da Argentina, carinhosamente chamada de LA LINDA, encanta os olhos e o paladar daqueles que se aventuram por suas ruas repletas de galerias, restaurantes, igrejas, museus e alguns segredos. Eu, como um desses aventureiros, percorri aquelas ruas coloniais. Dois museus me impressionaram lá: o museu de arqueologia de Alta Montanha e o museu em memória do general Martín Miguel de Guemes. General famoso por deter as tropas espanholas que tentaram colocar um fim no grito de independência da Argentina. Os dois museus, com suas histórias, têm muito para nos ensinar – se quisermos aprender, claro. Mas somos teimosos né!

No museu de Alta Montanha estão as três pequenas crianças incas mumificadas e que provavelmente foram sacrificadas. Das três, a mais querida, e que desperta o maior interesse, é a Raio, nome dado a uma das crianças, descobertas por acaso, devido a um raio que caiu e retirou a camada de neve que cobria o local do sepultamento coletivo onde as três estavam enterradas. Podemos dizer, com certa ironia, que a "providência divina" contribuiu para o renascer dessas crianças. Quanto ao museu Guemes, o que chama a atenção dos visitantes é a interatividade entre o público e as cenas e objetos que compõem o acervo. Cenas e objetos ganham vida, contam os momentos cruciais da luta pela independência da Argentina e interagem com os visitantes. E no pátio central do casarão, que abriga o museu, há esculturas em terracota representando os Gauchos argentinos que combateram ao lado do general Guemes. Percorrer as salas desses dois museus, as ruas coloniais e visitar as igrejas do século XVII é tomar um banho de cultura e da história Argentina e da cidade de Salta. Mas o inesperado também despertou minha atenção.

Foi numa bela tarde ensolarada, porém fria, e depois de visitar o museu de Alta Montanha, onde está a enigmática Raio, que eu entrei na catedral da cidade, atraído por um majestoso canto gregoriano. O canto de vozes femininas era admirado por turistas e moradores de Salta e redondezas. Também me encantei com aquele espetáculo. Eram freiras que despejavam aquela sonoridade sacra sobre todos que estavam naquele recinto religioso. Ouvir aquelas vozes e observar as reações das pessoas, que também estavam encantadas, foi uma experiência marcante. Não foi uma experiência religiosa, ligada ao transe ou a algum tipo de êxtase religioso, que poderia ter transformado meu ser ou meu estar no mundo; afinal, continuo com as minhas dúvidas, meu ceticismo radical e meu ateísmo.

O que me despertou a atenção, ao entrar naquela igreja, foi uma linda silhueta feminina que destoava das pessoas que ali estavam e das freiras com suas vozes e semblantes de quem pede piedade e perdão ao "todo poderoso". Esta, que me despertou e também raptou a minha atenção, era uma freira e muito provavelmente da mesma ordem das demais que ali cantavam. Observei que ela se mantinha reflexiva, distante e bem serena. Imaginei a beleza e os segredos que seu traje esconderia. E minha imaginação, sem economias, logo me fez pensar na sua pele intocável, nos belos seios escondidos, mas que só o "todo poderoso" tem acesso. Reparei que ela estava totalmente circunspecta, por isso fiquei curioso para saber o que ela estaria pensando. Interpretei que sua serenidade e seu distanciamento eram sinais de alguma dúvida que se instala, em algum momento, nas mulheres e homens de fé. E, isso é algo comum, creio eu.

Ela reparou que eu a observava. Ela olhou na minha direção e sorriu. Retribuí, continuei olhando e imaginando que a dúvida já estava instalada no seu consciente e que o inconsciente deveria estar fervilhando. Bem que ele poderia estar flertando comigo! E com certo interesse e sem me preocupar com os olhares das outras pessoas, saí da catedral e fui comprar um buquê de rosas brancas para lhe dar. Na calçada, havia floristas com belas rosas brancas, vermelhas e amarelas. Comprei um buquê grande, o maior que estava à venda, cujas flores tinham belas pétalas, as hastes com poucos espinhos, e um delicioso perfume. Voltei para dentro daquele templo, caminhei direto ao seu encontro, entreguei-lhe as flores e disse: "essas flores são para você, um presente pela sua beleza, que despertou minha imaginação, só que não ouso relatar o que o meu inconsciente está dizendo nesse momento". Ela agradeceu, cheirou as flores, disse "gracias" e sorriu. Que sorriso! E minha imaginação rompeu fronteiras, atravessou impetuosamente a sacristia!

Então me retirei, fui ao café mais próximo, pedi um vinho e fiquei tentando compreender meu ato. Tirei algumas conclusões, e uma prevaleceu, pois, como minha intuição concluíra que ela estava refletindo sobre a validade das crenças e da entrega ao celibato, eu poderia dar um empurrãozinho para a sua dúvida. Mas, pensando bem, crer no paraíso, na terra plana, ou na infinitude, me parece absurdo. E nada me assusta mais do que o tédio da eternidade e o abismo da queda livre.

Bem, acreditei que, com aquelas rosas, eu estaria aprofundando suas reflexões e quem sabe contribuindo para que sua escolha fosse longe da vida religiosa e mais próxima do lado mundano da vida. E creio que ela seria muito bem-vinda, e desejada nessa pobre e intolerante sociedade patriarcal e sexista!

crônicas
DE UM VIAJANTE

Papel pólen soft 80g/m²

Tipologias Caslon 12 e Reem Kufi 14

Impresso no verão de 2022